LES RENDEZ-VOUS DE LA COLLINE

Née le 20 juin 1917 à Bruxelles, Anne Philipe fait ses études en Belgique, puis s'installe en France au début de 1939. En 1951, elle épouse le célèbre comédien et acteur de cinéma Gérard Philipe (mort en 1959).
En 1955 paraît sous le titre Caravanes d'Asie *le journal du voyage exceptionnel qu'elle a fait en 1948 après un séjour d'un an en Chine : elle avait entrepris de revenir vers l'Inde par la Route de la Soie et était la première Française à traverser le Sin-Kiang avec une caravane de marchands qui se rendaient au Cachemire.*
Auteur de plusieurs documentaires sur l'Asie et l'Afrique, Anne Philipe est, avec Jean Rouch, à l'origine de la création du Comité du film ethnographique. Elle a publié notamment dans Le Monde *et dans* Libération *des reportages sur Cuba, le Venezuela, le cinéma japonais, et a assuré pendant un temps dans* Les Lettres françaises *la critique des films scientifiques et documentaires. Elle a écrit aussi* Le temps d'un soupir, *récit d'inspiration autobiographique paru en 1963, et* Les Rendez-vous de la colline *(1966).*

Une mère, sa fille; Marie, Constance. A Paris, en Provence, leur vie lente et sereine, leur solitude aussi. Les mots de la tendresse et les silences du cœur. Ce que se disent une grande personne qui se souvient d'avoir été une enfant, et une enfant qui attend passionnément de devenir une grande personne. Une histoire d'amour en somme : l'amour premier.
La voix d'Anne Philipe est d'une douceur extrême et son art semble la simplicité même. Mais l'éclat mystérieux de cette parole nue, c'est celui de la vérité des êtres, c'est l'éclat secret de la force d'âme dans la délicatesse de touche. L'amour commence par le respect, et l'amour maternel comme toutes les amours.

ŒUVRES DE ANNE PHILIPE

CARAVANE D'ASIE.
Du Sing-Kiang au Cachemire.
Préface de Claude Roy.
LES RENDEZ-VOUS DE LA COLLINE.
LE TEMPS D'UN SOUPIR.

Dans Le Livre de Poche :

LE TEMPS D'UN SOUPIR.

ANNE PHILIPE

Les rendez-vous
de la colline

LE LIVRE DE POCHE

© *Anne Philipe*, 1971.

I

CE jour-là, Constance rentra de l'école dans un état de grande excitation. Elle était belle, rose avec les yeux brillants. Elle dit à Marie :

« Je veux te parler tout de suite ; je crois que j'ai fait quelque chose de très bien. »

Elle l'entraîna vers sa chambre, la fit asseoir sur son lit et s'installa en face d'elle :

« Ecoute-moi... tu sais, après la classe, avec Françoise, je suis montée chez la maman de Pierre Leroy. Pierre Leroy, c'est le meilleur ami d'Antoine. Antoine, tu sais, c'est le garçon que j'aime, et Mme Leroy, tu la connais, elle est blonde, très belle, elle a l'air douce et elle a une grande natte dans le dos, mais elle ne la garde pas dans le dos et la ramène tout le temps devant sur l'épaule gauche, c'est très joli... oui... enfin... voilà : nous sommes montées Françoise et moi, et je lui ai dit : « Vous savez, madame, « Pierre et Antoine ne veulent plus jouer avec « nous, ils disent que c'est ridicule de jouer « avec les filles, je ne comprends pas pourquoi « ils font ça, nous jouons aussi bien que les « garçons. » Alors Mme Leroy a dit : « Mais je « ne savais pas ça, mais comment, je n'étais pas « au courant, mais qu'est-ce que tu m'apprends « là, mais c'est ridicule, il faut arranger ça, il « faut que vous vous rencontriez, c'est désolant « cette histoire... » J'ai dit : « Oui et tout est « de la faute de Marc Laffite, Marc est vraiment « un garçon très brutal et mal élevé, il veut les « dominer et il leur dit que c'est ridicule de « jouer avec les filles et alors Pierre et Antoine « ne jouent plus avec nous... » Evidemment, je ne lui ai pas dit qu'Antoine aimait beaucoup cette fille, je ne veux pas dire son nom, mais je t'en ai parlé, tu sais qui je veux dire... je la hais... »

Marie écoutait.

« Qu'est-ce que tu penserais, dit-elle après un moment, d'un garçon qui viendrait me voir derrière ton dos, qui me raconterait que tu ne veux pas jouer avec lui et me demanderait d'intercéder en sa faveur ?

— Tu ne comprends rien, coupa Constance, tu penses à Roland, mais Roland je ne l'ai jamais aimé tandis qu'Antoine m'a aimée ; ça change tout ! »

Elle sortit de la chambre de sa mère, le menton en avant, la nuque raide, la taille droite. Marie ne voulait pas interrompre le dialogue, elle suivit Constance qui se retourna et jeta :

« Tu crois toujours que je suis un enfant... je ne suis plus un enfant... est-ce que tu ne sais pas qu'il y a des filles qui ne sont plus des enfants avant d'avoir leurs règles... il faut que tu essaies de comprendre : j'ai été voir Mme Leroy parce que c'était le *seul* moyen. »

Marie rétorqua calmement que dans la mesure où elle était déjà une personne raisonnable elle devrait savoir qu'on n'influence pas les sentiments en intervenant auprès des mères. La voix de Constance se fit moins tranchante.

« Oui, dit-elle, mais tu sais, peut-être que mon plan va réussir parce que moi, je crois qu'au fond Antoine m'aime toujours mais il est timide, beaucoup plus timide comme garçon que moi comme fille, du reste, c'est général, je le remarque tous les jours... je me demande à quel âge les garçons deviennent plus courageux que les filles... pendant la récréation, je regarde souvent les grands, eh bien, c'est presque toujours les filles qui se moquent des garçons... »

Elle se tut un instant, baissa les yeux, avala sa salive, puis continua :

« Je veux qu'Antoine joue avec moi... tu n'es pas contre ça, tu es d'accord ? Tu ne veux pas m'empêcher de jouer avec lui ?

— Non, bien sûr », dit Marie.

L'enfant soupira et se passa la main dans les cheveux.

« Je suis contente », dit-elle.

Des amis vinrent pour le dîner. Constance ne parla guère. De temps en temps, elle faisait un petit signe de connivence à sa mère qui y répondait. Quelqu'un dit, ne voulant point parler de sa beauté : « Comme Constance a bonne mine ce soir ! » Elle jubilait.

Le lendemain était un jeudi. Constance vint lire près de Marie. Elle avait apporté son oreiller et le plaça à côté de celui de sa mère. Il n'y avait pas classe ; elles pouvaient rester au lit jusqu'à neuf heures. Constance lisait un des nombreux *Alice* de Caroline Quine : *Alice et le Chandelier.*

« Tu aimes vraiment ce genre de livre ? demanda Marie.

— Tu critiques toujours mes lectures mais que voudrais-tu que je lise ? »

Prise de court, Marie répondit :

« Je ne sais pas... par exemple *Le Petit Prince.*

— J'ai essayé de le lire, *Le Petit Prince,* mais dès la première page, quand il parle du mouton et qu'il dessine une caisse pour l'y mettre... tu te souviens ? on sent que c'est un livre pour enfants.

— Bon, dit Marie sans chercher à discuter et sans réfléchir, il y a *Les Histoires comme ça.*

— Mais voyons, *Les Histoires comme ça,* ce n'est pas la vie, c'est aussi pour les enfants... tu ne comprends pas que j'aime les histoires vraies, les vraies histoires d'amour ou d'aventures, mais les vraies histoires, comme pour les grandes personnes... tu comprends, c'est très gentil l'éléphant et sa trompe et le papillon qui tapait du pied, c'est très joli tout ça, mais c'est des contes, ce n'est pas pour moi... ce n'est pas la vie. »

Noël arriva. Il faisait froid puis il neigea et, dans la campagne blanche, Marie et Constance firent de longues promenades. Elles rentrèrent à Paris quelques jours avant la fin des vacances. La ville vivait encore dans le calme. Le deuxième soir, Mme Leroy appela. Elle demanda si Constance pouvait aller chez elle le lendemain avec Françoise. Constance guettait :

« C'est pour moi, c'est pour moi, passe-la-moi... j'en étais sûre... »

Elle arracha l'appareil à sa mère qui entendit encore une phrase inachevée : « Antoine sera là, je crois que les filles seront contentes... »

Constance dit bonjour d'une voix posée, puis écouta ; elle pâlit un peu tandis qu'elle disait : « Oui... oui... bon, d'accord... oui » et pour finir : « Alors, je peux venir à quelle heure ? à midi ? bon, alors je viendrai à midi... et c'est moi qui préviens Françoise ? » Elle dit encore : « Au revoir, madame, à demain... » et raccrocha.

« Je le savais, je le savais qu'elle m'aiderait, elle est formidable cette femme-là ! »

Françoise n'était pas chez elle et Constance ne put la joindre avant de se coucher. La soirée se passa dans un état de grande anxiété. Les cheveux de l'enfant avaient été lavés le matin même et après un shampooing ils restaient toujours raides pendant deux ou trois jours avant de reprendre leurs plis naturels. Constance y pensa sans doute quand elle demanda à sa mère une lotion « pour leur donner un peu de poids », dit-elle. Elle s'installa dans la salle de bain ainsi qu'elle le voyait faire à Marie, et commença à se frictionner le cuir chevelu, puis le massa.

« Je sens que ça fait du bien », dit-elle d'un air concentré.

Après, elle prit la brosse, renversa la tête en avant puis en arrière, se brossa longtemps, se peigna avec soin en s'aidant de la main pour donner à ses cheveux la coiffure qu'elle voulait. Elle se regardait dans le miroir, juste en dessous de la lampe allumée et murmurait comme pour elle-même : « Ça ira, ça ira... »

Pendant qu'elle se déshabillait, elle appela

Marie et lui parla de la robe, des souliers et des chaussettes qu'elle mettrait :

« Je ne mettrai pas de collant, ça maigrit les jambes... les chaussettes sont plus flatteuses, tu ne trouves pas ? Surtout les blanches et elles sont propres ! Oh ! maman, tu es un amour... c'est quand même ridicule qu'il n'y ait pas de chaussures avec des talons pour mon âge... il y en a pour les petites danseuses espagnoles mais c'est immettable en France, ce serait ridicule... Et les bas de nylon ? A quel âge est-ce que je mettrai des vrais bas de nylon, très fins ? Tu as vu dans *Elle*, ces bas-là, pour vous, ce n'est plus tellement à la mode... on fait beaucoup de bas en laine avec des dessins... ce n'est pas mal, mais il faut avoir la jambe drôlement mince... »

Elle embrassa Marie passionnément et quand la lumière fut éteinte elle serra les bras autour de son cou et demanda d'une voix d'ange si ce serait ridicule de mettre un peu de parfum, si cela plairait à Antoine.

Le matin, elle entra dans la chambre de Marie à sept heures. Elle était sur le pied de guerre.

Elle avait déjà essayé deux robes, une jupe, un chandail et, dit-elle : « Je ne sais absolument pas quoi mettre. »

Elle était pâle, elle avait le nez pincé, l'œil terne, le cheveu plat et deux boutons autour de la bouche. Ce matin-là, sa beauté l'avait abandonnée. Elle déjeuna à peine et, la dernière bouchée avalée, elle alla dans sa chambre. Marie l'y rejoignit. Elle préparait un cadeau dans une petite boîte japonaise qu'elle tapissait de coton. Elle avait déjà sorti de son coffret à trésors un objet de verre filé, sauvé le jour où le ludion s'était brisé.

« C'est pour qui ? » demanda Marie. Vraiment elle ne savait pas si le cadeau était destiné à Pierre ou à Antoine.

« C'est pour Mme Leroy, répondit Constance, je trouve que cette femme-là doit être remerciée. »

A neuf heures, Marie lui permit d'appeler Françoise. Elle parla à voix basse, le nez dans le téléphone, la main autour de la bouche. Parfois elle pouffait de rire en rentrant la tête dans les épaules.

« Ça va bien », dit-elle à sa mère quand ce fut fini.

Une heure plus tard, Françoise rappela. Elle devait passer l'après-midi chez ses grands-parents et, ce qui était plus grave, comme elle n'avait pas été invitée directement, sa maman ne voulait pas qu'elle aille déjeuner chez Pierre. Marie dit qu'il fallait prévenir Mme Leroy. Une fois de plus, Constance prit le téléphone : « Allo, madame, ici c'est Constance... » et elle expliqua la petite histoire. « Oh ! tu sais, ce n'est pas plus mal, dit Mme Leroy, je crois que les garçons seront contents d'être seuls avec toi... » L'œil de Constance brilla. Elle dit au revoir et posa l'appareil. Elle resta pensive, silencieuse, le sourire de la Joconde aux lèvres puis, vite, rompit cette minute de réflexion. Elle jeta un coup d'œil à sa mère et lui répéta les paroles de Mme Leroy.

« Tu vois, dit-elle, au premier moment ça m'a fait quelque chose que Françoise ne vienne pas... tu te rends compte, seule en face des deux garçons ! »

Elle est repartie vers sa chambre et en est revenue au bout d'un quart d'heure, les traits tirés, les cheveux serrés dans des barrettes et pris dans un élastique. Comme ils étaient assez courts c'était tout à fait disgracieux. Chaque fois qu'il s'en échappait quelques-uns, elle sortait une barrette de sa poche et emprisonnait la mèche.

« Tu m'aimes coiffée comme ça ?

— Ne me demande pas, tu sais très bien, dit Marie.

— Oui... bon... tu ne m'aimes pas...

— Je t'aime mieux avec les cheveux libres le long du visage.

— Oh ! on n'a pas les mêmes goûts, on n'a vraiment pas les mêmes goûts », dit-elle d'une petite voix nouée.

Elle repartit pour réapparaître cinq minutes plus tard, ses souliers vernis aux pieds, les autres à la main :

« Qu'est-ce que tu crois ? A midi, qu'est-ce qu'on met ? »

Marie dit :

« Ce que tu veux.

— Tu comprends, si on va jouer au Luxembourg et qu'on fait des glissades, il vaut mieux que je mette les marron.

— Peut-être..., dit Marie.

— Mais les chaussettes ?... blanches ? non ?

— Oui, les chaussettes blanches, c'est assez joli.

— Alors, continua Constance, la robe grise ? ou la jupe écossaise ?

— Comme tu veux, les deux sont bien.

— Et le col roulé ? tu trouves que ça me va le col roulé ?

— Oui, vraiment.

— Et je mets le vert ou le gris ?

— Le vert.

— Mais ça va avec le gris de la robe ?

— Très bien.

— Ça ne va pas mieux avec le rouge de la jupe écossaise ?

— Pareil, ça va aussi.

— Enfin, tu ne veux rien me dire.

— Mais non, les deux vont, c'est comme tu veux, selon ton goût. »

Elle disparut une nouvelle fois ; quand elle revint, elle portait la robe-chasuble grise, le chandail vert, les chaussettes blanches et les souliers marron bien cirés. Ses cheveux étaient toujours tirés, serrés dans l'élastique comme un petit blaireau au-dessus de la nuque.

« Je peux mettre mon manteau bleu ?

— Oui, mets ton manteau bleu. »

Elle alla le prendre sur le portemanteau puis

Marie l'entendit fouiller dans le placard à linge et elle entra dans le salon en nouant négligemment sous le menton un foulard d'été en coton à fleurs. Elle attendait l'observation. Marie ne dit rien. Elle regardait le visage de son enfant. « Elle a vraiment l'air d'une femme amoureuse, pensa-t-elle, qui perd sa beauté et son éclat tant elle est angoissée par le rendez-vous qui l'attend. » Elle regardait cette petite fille si sûre d'elle, si forte apparemment et à cet instant débordée par son émotion. Elle ne la reconnaissait pas.

« Est-ce que je prends mon sac ? Qu'est-ce que tu crois ? mon sac ou pas mon sac ? »

Marie commença :

« Tu dois faire comme tu veux... »

Mais elle vit trembler la lèvre de Constance, alors elle ajouta :

« ... ton sac t'encombrera peut-être. »

L'enfant se jeta dans les bras de sa mère et il sembla à Marie entendre le bruit d'un sanglot, mais elle sut ne pas voir la larme qui tombait.

« Dis-moi, maman, dis-moi vraiment ?

— Prends ton sac, dit Marie, il est beau et puis tu pourras appuyer ta main dessus si tu le portes en bandoulière. »

Constance se frappa le front avec la paume de la main :

« Bien sûr... il me le faut pour mettre le cadeau de Mme Leroy... J'allais oublier le cadeau de Mme Leroy ! »

Elle alla le prendre sur son bureau.

« Tu as vu ? Il est bien emballé ! Elle va être enchantée !... ça va très bien se passer... je suis tout à fait sûre.

— Certainement, ça va très bien se passer, approuva Marie, vous allez jouer...

— Oui... on va jouer mais on va parler aussi.

— Vous allez parler de quoi ?

— J'ai beaucoup de choses à dire à Antoine... tu ne peux pas comprendre... »

Constance avait retrouvé sa force et sa petite dureté de cristal. Elle embrassa Marie comme pour la protéger.

« Ne t'inquiète surtout pas », recommanda-t-elle avec un sourire malicieux.

Marie alla vers la fenêtre : « Si elle se retourne pour voir si je suis là, c'est qu'elle a besoin de moi, se dit-elle, autrement elle n'y pense pas. » Elle la vit s'éloigner puis, tout d'un coup, se retourner. Elle ne fit pas de geste, elle se retourna simplement et resta les bras le long du corps, une main posée sur le sac, la tête en l'air. Puis elle repartit.

Le lendemain, Antoine appela trois fois. Constance savourait sa victoire. Au troisième coup de téléphone, elle prit l'air d'en avoir par-dessus la tête :
« Mon Dieu, que les garçons sont timides », dit-elle.

II

« J'enlève la mie ou je la laisse ?
— Si elle est encore chaude, tu la laisses. »
Constance range les livres dans son cartable sauf celui d'histoire qu'elle place devant sa mère.
« Tu me feras vite répéter les grandes journées révolutionnaires... c'est la compo aujourd'hui. »
Elle s'assied devant Marie et prend la première tartine beurrée et confiturée.
« Tu vois, la ficelle ce matin elle est exactement comme je l'aime, pas très cuite et quand même croustillante... si tous les jours elle était

comme ça, je dévorerais... tu ne manges pas, toi ?

— Si, si ne t'inquiète pas. »

Marie se verse une grande tasse de thé qu'elle boit lentement ; jusque-là, la journée n'est pas tout à fait commencée.

« Moi, je suis le contraire de toi, je mange d'abord... j'aime boire très chaud, c'est pour ça que je n'aime pas que tu me verses le thé au début du déjeuner : le temps de manger et il est froid et je l'aime bouillant. Ça, c'est comme toi... tu me fais réciter ma compo ?

— Alors, dis-moi quelles sont les cinq grandes journées révolutionnaires ? »

Constance prend sa voix d'écolière :

« Le 5 mai 1789, les Etats généraux se réunissent à Versailles. Le 20 juin 1789, les membres du Tiers Etat jurent de ne pas se séparer avant d'avoir transformé le gouvernement. Cela s'appelle le « Serment du Jeu de Paume ». Tu peux me verser du thé maintenant. »

Marie regarde boire sa fille. On n'imaginerait pas qu'elle puisse commettre un geste maladroit, une petite chatte : elle boit par courtes gorgées, les yeux baissés, les lèvres légèrement avancées vers la tasse qu'elle tient haut, du bout des doigts, à deux mains, les coudes appuyés sur la table. Ma fille est un jade blond...

« Il est bon ton thé ce matin !

— Tout est bon ce matin, tu es de très bonne humeur ! »

... elle sait tout ce qu'elle aime, ce qu'elle déteste, ce qui est bien, ce qui est mal. Marie est toujours étonnée par la précision des pensées de Constance, ce visage romantique qui donne à rêver, cette faiblesse qui apparaît parfois comme une faille vite refermée, cachée, essuyée. Comme elle a l'air achevée, déterminée... est-ce une façon de se protéger ? Marie parfois se méfie : sache bien, se dit-elle, qu'il existe en elle des choses qui ne lui viennent ni de lui ni de toi mais lui appartiennent en propre...

« On a oublié de prendre les nouvelles, dit Constance, c'est à cause de ma compo. »

Elle ouvre la radio :

« Ecoute, c'est Marie Laforêt, c'est *Frantz*, écoute !

Chérie, rentre, il est grand temps,
Ton mari est très souffrant !

*Mon mari est très souffrant,
Qu'il prenne un médicament...*

Constance chante en même temps :

*Viens, mon cher Frantz,
Encore une danse,
Je rejoindrai mon vieux mari après...*

— Les valses, c'est ce que je préfère... ce n'est pas son mari, Frantz, tu comprends ? Tu crois que c'est parce qu'il est vieux qu'elle ne l'aime plus ? Je ne comprends pas, on aime et puis on n'aime plus... moi, je ne divorcerai jamais... on devrait faire une loi qui défendrait aux gens de se marier avant d'avoir vécu quatre ou cinq ans ensemble, qu'ils se connaissent bien, qu'ils soient sûrs, et après interdiction de divorcer pendant vingt ans... ensuite ils sont vieux, ça n'a plus d'importance...
— Pourquoi ?
— Parce qu'ils sont vieux, alors ils peuvent divorcer... du reste ils n'en ont plus envie... bon, je continue... »
Elle compte sur ses doigts :
« Je t'ai déjà dit deux journées révolution-

naires... la troisième c'est le 14 Juillet et évidemment la prise de la Bastille et puis c'est la Nuit du 4 août. Dans la nuit du 4 au 5 août, les privilèges du Clergé et de la Noblesse disparaissent et trois semaines plus tard les Droits de l'Homme sont déclarés...

— Ce n'est pas très bien dit, mais c'est ça. »

Comment étais-je à cet âge-là ? pense Marie. Elle se souvient de sensations, d'atmosphères, d'une silhouette... une grande petite fille maigre avec des cheveux coupés à la garçonne. Sa mère venait de se remarier et elle vagabondait pendant des heures dans la campagne. Elle se le rappelle bien. La maison était au sommet d'une colline, des pelouses l'entouraient de toutes parts, coupées par des chemins dont un, qu'elle aimait prendre ; c'était une allée de noisetiers. Du premier étage, on voyait au fond de la vallée une grille qui s'ouvrait sur les champs. Au-delà, c'était un petit bois, bleu en hiver. C'était la première fois qu'elle vivait à la campagne. La maison était vaste, surtout comparée aux trois pièces dont elle avait eu l'habitude jusque-là. Pendant les après-midi de pluie, elle s'ennuyait un peu mais ne voulait pas se l'avouer. Elle restait devant la fenêtre à regarder passer les nuages. Dans la cuisine, les domestiques lui faisaient peur, elle avait toujours l'impression qu'ils chuchotaient entre eux ou se lançaient des coups d'œil et elle n'osait pas demander à goûter. Une des pièces la fascinait, on l'appelait « la chambre étrange ». Elle n'était pas grande, ni claire, et ses fenêtres donnaient sur un saule pleureur. Devant la cheminée, le grand fauteuil de cuir gardait toujours l'empreinte du maître de maison, son beau-père, un bel homme aux cheveux blancs et aux yeux tout à fait bleus. Il l'intimidait un peu. Il y avait une lampe sur pied à côté de ce fauteuil et une table basse, ovale et peinte en orange. Marie voit encore cette table, brillante, bordée de noir et sur laquelle il était interdit de poser quoi que ce soit : « Il ne faut pas contrarier Monsieur », disait la femme de chambre. Le soir, quand elle entrait dans « la chambre étrange », elle s'adossait à la cheminée, son beau-père lisait dans le fauteuil et souvent sa mère jouait du piano dans une autre pièce, elle aimait entendre le son assourdi qui venait du premier étage. Marie ne bougeait pas, elle regardait, en face d'elle, la petite estrade, occupée en son centre par un fauteuil qu'elle appelait en secret « le trône égyptien ». Personne ne s'y asseyait à cette époque-là... Il était recouvert de velours bleu nuit, le haut du dossier en bois doré avait la forme d'un large triangle : un soleil et deux compas, comme des V majuscules, enlacés, y étaient sculptés. Plus tard elle avait su que c'était un siège maçonnique. A gauche du fauteuil, un paon empaillé, la queue déployée, la tête dressée, semblait écouter un bruit lointain ; de l'autre côté, un animal curieux répondait au paon, c'était une petite bête que Marie adorait, une belette sans doute, figée dans un geste de course, les griffes crispées sur une branche d'arbre ; seuls, les jeux de la lumière donnaient une expression à ses yeux de verre. Jamais l'idée ne serait venue à Marie de s'asseoir sur le fauteuil bleu nuit ou de caresser ces animaux, mais son imagination en était d'autant plus occupée. Parfois, dans la journée, elle entrouvrait la porte de « la chambre étrange », elle respirait un moment son odeur particulière, un peu mortuaire, lui semble-t-il aujourd'hui, peut-être à cause des animaux empaillés. Elle gardait la main sur la poignée et regardait la pièce sombre, silencieuse comme un aquarium, où l'ombre du saule et les rayons filtrés du soleil se balançaient. Quand elle s'éloignait, il lui semblait s'être tenue sur le seuil de la chambre de Barbe-Bleue...

« Je te dis la dernière date des journées révolutionnaires ? »

Constance reprenait sa voix d'écolière sage :

« Le 5 octobre 1789, les Parisiens allèrent à Versailles. Ils envahirent le château et ramenèrent le roi, la reine et le dauphin car ils pensaient que si le roi était à Paris ils ne manqueraient pas de pain... C'est bien... non ?... je la sais vraiment... je pourrais avoir 10 et minimum 8 si elle est de mauvaise humeur... tu es contente ?

— Oui, je suis contente.
— Tu m'aimes ?
— Je t'aime.
— Je voudrais que tu invites des amis pour le dîner, moi je servirais le whisky et je mettrais ma robe bleue... c'est mercredi, je ne vais pas en classe demain... tu permets ?
— Si j'invite des amis, je permets...
— Je t'adore... Ah ! Voilà ton Brassens, écoute ! »

... Comment savoir ce que j'étais à dix ans ?

Moins gaie, plus sauvage qu'elle... Elle, les regards la font fleurir... mais tous les souvenirs sont faux, nous sommes tous comme le cinéaste qui, ayant tourné des milliers de mètres de pellicule, s'enferme dans la salle de montage et construit son film... nous faisons des coupes... des gros plans... Marie a le sentiment que le présent isolé du reste n'est rien, juste un point devant lequel l'avenir passe pour devenir du passé ; une petite lampe de contrôle s'allume, la machine enregistre... L'homme sans mémoire ? Une machine enregistreuse, rien de plus... écrire pour que l'oubli ne soit pas... et si les mots écrits s'effaçaient et que seul reste le dernier qui perdrait sa vie, lui aussi, qui ne serait plus qu'une fleur abandonnée, agonisante ?... Parfois, il semble à Marie que le présent embrasse tout ce qui a été, est et sera... ce sont des moments où elle se sent forte, presque invincible, mais ils ne durent pas, ils s'évanouissent, se diluent, elle essaie d'en agripper des fragments mais se retrouve très rapidement vidée, face à ce présent qui de nouveau n'est plus qu'un point... et Marie file, tisse, au jour le jour, heure par heure, sa propre vie... « Et quand je me retournerai, au moment de la mort, pensa-t-elle, aurai-je un instant la claire conscience du dessin que j'aurai tracé ? »

Hier, en faisant des courses, son regard a été pris, d'un seul coup, par un Giacometti. Il était exposé à la vitrine d'une galerie d'art. Elle marchait en pensant à n'importe quoi et ce dessin était venu la frapper... C'était un homme, tracé à petits coups de crayon, gris, assez pâle. Il marchait, il émergeait de la terre, long, immensément long, étiré. Il était vulnérable et cependant on ne pouvait pas imaginer qu'il s'arrête. Pendant un instant, Marie pensa qu'elle donnerait tout pour l'emporter chez elle, le regarder comme un trésor. Elle l'imagina, appuyé contre le mur, sur sa table de travail... Il aurait été là chaque fois qu'elle levait les yeux, elle se serait adressée à lui... pour elle, il aurait changé sa marche, au lieu de passer de son grand pas solitaire, il se serait tourné vers elle, jamais ils ne se seraient rejoints mais ce n'était plus cela l'important... c'était la marche l'un vers l'autre. Qu'il était beau cet homme solitaire, léger et pesant, et qui témoignait de la présence de l'homme sur la terre...

« Mais à quoi peux-tu penser quand tu fais cette tête-là ?
— Je pensais à un dessin.
— Je ne te crois pas.
— Je te jure... je l'ai vu hier...
— Qui l'a fait ?
— Giacometti.
— Moi, c'est Matisse que j'aime.
— On peut aimer les deux.
— Giacometti, je ne connais pas.
— Je te montrerai des reproductions dans un livre.
— Parle avec moi... On arrête la radio ?
— Bon, dis-moi vite ce qui te passe par la tête, sans réfléchir... vite...
— Je voudrais qu'il neige. C'était bien la montagne pendant les vacances. Tu sais, les garçons lançaient des boules de neige contre ma fenêtre... je me cachais, eux ne me voyaient pas, mais moi si... à la fin je me montrais, alors ils m'en lançaient encore plus et ils me criaient : Constance... Constance... je leur souriais, j'ouvrais la fenêtre, je venais sur le balcon et ils lançaient toutes les boules sur moi... On te jetait des boules de neige quand tu avais mon âge ?

— Oui... Tu es coquette !

— Oui... évidemment... ce n'est pas mal... tu sais, j'ai remarqué que les garçons au fond aiment les filles coquettes... ils ne veulent pas le dire mais ils les aiment... Pourvu qu'il n'y ait pas de langue de bœuf à la cantine... c'est la seule chose que je ne peux pas manger... mais alors vraiment c'est impossible, ça me donne envie de vomir... »

Constance met son manteau, regarde dans sa poche si ses tickets d'autobus et ceux de son goûter sont bien à leur place, et prend son cartable :

« Tu me conduis jusqu'à la porte ? »

Constance et Marie s'embrassent. Comme presque chaque matin, le Monsieur aux cheveux blancs, du cinquième, est dans l'escalier. L'enfant se précipite, le bouscule, le dépasse. Il lève la tête, regarde Marie, s'arrête un instant et, l'air un peu triste, dit que pour lui, c'est ça la vieillesse : être dépassé dans l'escalier par une jeunesse pressée. Puis il continue à descendre en tenant la rampe.

Loin dans la rue, Constance galope vers l'autobus.

III

« Tu ne sors pas ce soir ? Tu restes ?
— Je reste avec toi.
— Je n'aime pas quand tu sors le soir... c'est le seul moment où je veux que tu sois là... pendant la journée ça m'est égal... tu vois, si tu étais morte, je pourrais m'occuper de tout et diriger la maison, faire les comptes, payer les notes et aller quand même à l'école, mais le soir je voudrais que tu sois là... »

Marie change la direction de la lumière, retape le lit, apporte un verre d'eau ; Constance se lave le bout du nez et se coiffe soigneusement :

« C'est quoi le disque que tu as mis ?
— Un Quintette de Mozart.
— Je l'aime bien mais j'aime mieux le piano... les violons ça m'énerve, ça me fait des secousses... »

Constance s'assied sur son lit, remonte son réveil, tourne vers elle les deux petites photos qu'elle ne quitte jamais et qui doivent la regarder dormir. Puis elle se recouche.

« Maintenant, borde-moi très serré », dit-elle.

Elle cale bien sa tête, enfonce ses bras sous les couvertures :

« Je suis prête, dit-elle encore... Tu vois, maintenant, la musique est plus douce ; comme ça elle ne m'éverve pas.
— C'est parce que c'est l'adagio.
— Oui, c'est que je préfère les adagios... C'est quand c'est doux les adagios ?
— Pas exactement doux mais plus lent, souvent plus calme, plus large. Tu veux qu'on continue *Le Vieil Homme et la Mer*, ou qu'on lise autre chose ?
— Non, le vieil homme... Viens sur mon lit... tu te souviens, on s'est arrêté au moment du requin... »

Marie a baissé le son du tourne-disque.

« ... C'était un superbe requin Moko bâti pour
« la vitesse, aussi rapide que le poisson le plus
« rapide : tout en lui était beau sauf la gueule...
« Quand le vieux l'aperçut, il vit tout de suite
« que c'était un requin qui n'avait peur de rien
« et ferait exactement ce qui lui plairait... »

— Dire que je n'ai jamais vu un requin,
interrompit Constance, en remontant ses jambes sur le côté. Je voudrais tant en voir un... »
Marie continuait :

« ... Le requin talonnait l'arrière de la bar-
« que. Lorsqu'il attaqua l'espadon, le vieux vit
« sa gueule béante et ses yeux étranges... »
Constance se soulève pour voir les illustra-
tions. Elle regarde en premier plan l'aileron du
requin qui fend l'eau en direction de la barque à voile et de l'espadon mort. Elle semble
subjuguée.

« Continue..., dit-elle.

— « ... Il entendit le claquement des dents
« qui s'enfonçaient dans la chair juste au-des-
« sus de la queue. La tête du requin sortait de
« l'eau ; son dos affleurait à la surface ; la
« peau et la chair de l'espadon se déchirèrent
« au moment où le vieux lança son harpon sur

« la tête du requin. Il visait l'endroit où la ligne
« qui va d'un œil à l'autre se croise avec celle
« qui prolonge directement le nez... »

L'enfant s'est tassée dans le lit. Couchée en boule, elle écoute avec avidité. Marie poursuit sa lecture. Quand le requin meurt, Constance pousse un petit grognement et allonge les jambes. Son attention paraît se relâcher. Marie s'arrête un instant.

« Non, non, continue, dit-elle.
— « ... La brise avait fraîchi. La barque
« filait. Le vieux ne regardait que la partie
« supérieure de son poisson. L'espoir renaissait
« en lui. Faut jamais désespérer, pensa-t-il.
« C'est idiot. Sans compter que c'est un péché,
« je crois bien. Bah ! pense pas au péché. T'as
« assez de soucis comme ça dans ce moment
« sans te mettre à penser au péché... »

Tout en lisant, Marie regarde souvent Constance.

« Comment fais-tu... je vois bien que tu me regardes... tu connais tout le livre par cœur ?
— Non, je lis d'un coup d'œil et puis j'ai le temps de te regarder.
— Moi, il me faut plus de temps pour lire », soupire-t-elle.

Parfois elle ferme les yeux mais les rouvre très vite et les garde fixés sur le pied du lit ; quelques secondes plus tard, ils se referment encore. Elle dit d'une voix un peu trop timbrée :

« Je t'écoute... Quand je ferme les yeux c'est à cause de la lumière. »

Et Marie lit encore trois ou quatre pages puis s'arrête. Constance ne réagit pas. Elle garde les yeux fermés. Le Quintette est fini, le pick-up tourne à vide. L'enfant respire sans bruit et la mère reste à la regarder. Le début de la nuit, le début du jour sont les deux moments où elle est le plus libre, où elle peut vivre à son rythme et penser à son gré. Parfois, lorsque Constance est endormie, un besoin irrépressible la prend de partir. Elle met son manteau et s'en va en fermant la porte délicatement. Elle file vers la Seine, marche le long de l'eau, rapidement d'abord et comme aveuglément, sans voir, sans regarder, mais en portant en elle la vision familière des lieux qu'elle parcourt. Elle fume ou chantonne un air qui la poursuit. Elle cherche à se fatiguer comme si son corps était trop fort pour elle. Une heure plus tard, elle reprend le boulevard Saint-

Michel, l'esprit plus calme, les muscles fatigués, prête au sommeil.

Ce soir, Marie ne quittera pas l'appartement, elle l'a promis à Constance. Elle peut demeurer de longs moments à contempler cette enfant sans jamais se lasser. L'avoir faite, l'avoir mise au monde, la regarder vivre sont un incessant sujet d'émerveillement, une sorte de miracle auquel elle ne s'habitue pas. Le visage de Constance est plus coloré qu'à l'ordinaire. Marie écarte quelques mèches de cheveux et touche le front chaud. Elle doit avoir 38 ou 38° 5, se dit-elle, dans trois jours elle sera guérie. Tout doucement, le regard qui se posait sur l'enfant se défait, se brouille, se transforme puis, emporté par le vertige, s'enfonce dans le noir, derrière les paupières closes. Et les images se mettent à tourner lentement d'abord, puis de plus en plus vite. Comme le silence vous prend en traître parfois... La chambre se dissout, le visage de Constance s'efface tandis que la pensée s'échappe vers des régions encore interdites : un désert noir, un tunnel qui a le ciel pour voûte, la terre pour sol et se rétrécit comme un piège. Il ne faut pas reculer, ni s'arrêter mais retenir son souffle, ramasser son corps, l'empêcher de se liquéfier et foncer... Combien de minutes marquera l'horloge pour mesurer cette plongée interminable ? Est-ce le galop d'un cheval ou le battement d'un cœur ce bruit sourd et rythmé qui grandit dans la tête de Marie, persiste et s'installe jusqu'à la forcer à ouvrir les yeux ? Elle revient sur le lit, retrouve son corps, ses mains posées sur l'édredon, sa tête appuyée contre le mur. Le visage de l'enfant n'a pas bougé. Tout va bien sur terre. C'est le pick-up qui ronfle, il faut l'arrêter, faire des gestes précis et ainsi reprendre pied en douceur, rejoindre les choses pour qu'elles vous aident, agir avec précision comme on abaisse la passerelle d'un bateau, être souple, conciliante.

Marie se lève et va arrêter le pick-up. Elle regarde vers la fenêtre ; les rideaux ne sont pas fermés ; elle se sent nue, regardée. Elle voit la rue calme : les Parisiens ne sont pas encore rentrés du week-end. Elle lève les yeux et c'est alors qu'elle découvre la lune... la lune qui l'irrite et l'inquiète depuis quelque temps. Elle ne la regarde plus avec les mêmes yeux... il lui semble que la lune est passée dans l'autre camp... la lune est le nouvel opium du peuple,

pense-t-elle... tu n'es qu'un objet, comme la
« femme-objet » voici la « lune-objet », vide,
glacée, où l'on projette ce que l'on veut, dont
on se sert comme on l'entend et qui appartien-
dra au plus fort... Restent les étoiles... mais il
y a deux jours Vénus était touchée et peut-être
qu'un jour il n'y aurait plus d'astres vierges...
Comment faire pour que l'intelligence et la
raison soient d'accord... c'est cela un des enfers
possibles...

Marie ne quitte pas la lune du regard et
quand les nuages la lui cachent un instant, il
lui semble perdre de vue quelqu'un qui fut son
ami. On n'est qu'au début de mars, mais déjà
le printemps rôde dans la nuit. Marie entrouvre la fenêtre et s'assied par terre... Tous les
hommes de tous les temps ont regardé la lune...
ils ont réfléchi, parlé, étudié, écrit, ri, étreint,
aimé, pleuré, tué, dormi dans sa lumière, pense-
t-elle, et moi comme les autres, mais nous sommes les premiers à savoir qu'elle n'est pas
inaccessible... Elle imagine le premier homme
qui posera le pied sur la lune... il réalisera le
rêve des poètes mais sera le porte-drapeau des
militaires... oui, l'homme fait comme un rat,
coincé entre la société et son rêve solitaire... il

arrivera sur la lune, la mémoire riche du visage d'une femme, des rires d'un enfant, des mélodies chères à son cœur, de visions d'arbres dans le vent, de vagues qui se brisent tendrement sur la plage, de bateaux aux voiles blanches... je voudrais avoir confiance... je hurlerais de fierté si j'étais sûre des buts... est-ce que tout progrès passe par cette ambiguïté... est-ce une utopie de croire que l'homme peut servir la vie, sans travailler pour la mort, la science, sans préparer aussi la guerre... Il y a des moments où l'on voudrait que la dialectique s'arrête, pense Marie... quel vent de folie... la lune a perdu son innocence et elle est belle, c'est vrai, et porteuse de rêves à condition de garder les distances... c'est presque toujours comme cela, sauf pour l'amour... c'est cela qui le distingue... toucher, approcher et que ça reste beau... La lune n'a-t-elle que la beauté que nous lui donnons... quelle tristesse ces premières photos... une pierre ponce minable, une vieille éponge stratifiée, les ruines d'une ville brûlée à blanc, un paysage de mort mais propre et stérile sans vautours et sans odeurs... je n'irai pas mourir sur la lune...

Marie se souvient... C'était le 8 juin 1965, il

n'y a pas très longtemps, à peine quelques mois... Les Américains avaient lancé Gemini IV et le soir, à la télévision, on avait vu un des deux pilotes sortir de la cabine. L'homme s'appelait White. Nous l'avons vu flotter dans le cosmos, attaché au vaisseau spatial comme le nouveau-né à sa mère. L'homme et Gemini IV filaient dans la nuit à 28 000 kilomètres et semblaient ne pas bouger. White a perdu son gant... le gant ne s'est pas éloigné, il s'est mis à tourner, il était satellisé... elle avait pensé à la mort... si le lien qui retenait le cosmonaute se rompait, White ne tomberait pas, il continuerait son vol comme le gant... la mort s'en saisirait bien sûr, mais apparemment rien ne changerait, il tournerait ainsi, hors de l'humiliation des cercueils et des cimetières, il s'effeuillerait, tomberait en poudre, en parcelles invisibles après avoir valsé autour de la terre... Marie avait pensé à un couple d'amoureux, partant au-devant de la mort, s'embarquant sur le vaisseau spatial, puis plongeant enlacés dans le cosmos... ils auraient valsé jusqu'à ne plus être que pluie de cendres... Les paroles de l'Evangile... c'est curieux, toujours le rêve d'Icare qui revient... s'évader, rejoindre les oiseaux, connaître le ciel... et aussi la vieille idée du suicide... comme si choisir le moment et la manière de mourir évitait la mort ou tout au moins donnait un sentiment de liberté, d'égalité avec l'ennemi... traiter la mort d'égal à égal comme le fauve blessé fait face aux hommes qui viennent l'achever...

Marie leva les yeux, la lune avait disparu derrière les toits, le ciel n'était plus que nuit... j'ai aimé un enfant qui voulait m'offrir la lune... je le vois encore : il allait chercher le balai derrière la porte de la cuisine et montait sur le balcon face à la mer, les citronniers étaient à ses pieds, il dépassait leurs plus hautes branches. Il n'avait que trois ans et le balai était trop lourd pour lui, mais il le pointait vers le ciel, à bout de bras, tendait son corps sur la pointe des pieds et me disait : « Aujourd'hui je ne peux pas la toucher mais un jour je l'attraperai et je te la donnerai... » Cet enfant est devenu un chercheur et, à travers un microscope, il cherche à atteindre son rêve, pas la lune, mais la cellule... c'est lui qui a raison...

Constance bougea dans son lit. Marie se retourna, l'enfant la regardait.

« Que fais-tu là ? dit-elle.

— Je regardais la lune... »

Marie ne savait pas combien de temps avait passé, elle s'approcha de Constance et l'embrassa :

« C'est l'heure de dormir, dit-elle.

— Pas quand on a la fièvre... tu veux qu'on parle jusqu'à ce que j'aie sommeil ?

— Tu aimes la lune ?

— Non, elle ne m'intéresse pas tellement mais elle intéresse beaucoup les garçons... moi, je préfère le soleil.

— Tu aimerais aller en voyage sur la lune ?

— Non, moi j'irai en voyage de noces à Venise.

— Oui, mais tu n'iras pas qu'en voyage de noces, tu feras aussi d'autres voyages !

— Oui, mais mon plus beau voyage sera mon voyage de noces, alors c'est à lui que je pense.

— Et Venise, tu crois que c'est comment ?

— C'est une ville où il y a des bateaux au lieu de voitures.

— Et c'est tout ?

— Je ne sais pas puisque je n'y suis jamais allée.

— Mais qu'est-ce que tu imagines ?

— J'imagine qu'il y a des bateaux et pas de voitures et qu'on peut se baigner partout... on peut aller voir ses amis en nageant ou en prenant le bateau... c'est plus marrant que l'autobus...

— Tu sais, l'eau est très sale, on ne peut pas se baigner dans les canaux, on ne peut pas se mettre en maillot de bain et plonger.

— Je sais très bien qu'on ne se promène pas en maillot de bain dans une ville, mais je crois qu'il y a des canaux où on peut se baigner.

— Je t'assure que non.

— Je ne sais pas, je n'ai pas vu.

— Non, mais je te le dis.

— Oui, de ton temps c'était peut-être comme ça mais quand j'irai ce sera peut-être autrement... pourquoi est-ce que tu me regardes ?

— Comme ça, pour rien...

— On n'est pas belle, hein, quand on a la grippe ?

— Ce soir tu es belle, c'est demain que tu auras l'air fatiguée.

— Vraiment, maintenant tu me trouves belle ?

— Oui, parce que tu as la fièvre, ça donne des couleurs.

— Mais demain je ne serai plus belle ?

— Demain il y a des chances pour que tu aies l'air fatiguée, plus fatiguée qu'aujourd'hui.

— Je ne voudrais pas que ma fièvre baisse... »

Constance sortit la main de son lit et la tendit vers sa mère qui justement ne la regardait pas, elle tapa des doigts pour attirer son attention. Marie lui prit la main, l'enfant fut sur le point de la retirer, mais Marie la caressa.

« Reste encore près de moi, parlons...

— Il faut que tu dormes.

— Dis, La Havane, c'est là où il y a Fidel Castro et Hemingway c'est un Américain, ils sont ennemis... c'est lui le vieil homme ?

— Non, ce n'est pas lui. Je t'emmènerai à La Havane et on fera une grande partie de pêche. Hemingway et Castro ont pêché ensemble, je crois qu'ils s'aimaient bien... Hemingway est mort maintenant... ce n'est pas lui le vieil homme... le vieil homme c'est un pêcheur cubain.

— Et le petit garçon, il est Cubain aussi ?

— Oui, tu te souviens, je te l'ai lu, c'est l'ami du vieil homme.

— J'aime bien avoir la fièvre... on est au milieu de la nuit déjà ?

— Non, il est dix heures et demie.

— Tu vois quand je serai grande je me coucherai très tard. »

Elle a presque autant de pensées secrètes que moi, pensa Marie. Nous voguons comme des icebergs, la conversation c'est ce qui flotte, le plus important est immergé... elle a déjà compris ça.

« Tu veux que je te lise encore un peu mais après tu dormiras, tu le promets ?

— Oui, mais j'aimerais que tu mettes le disque de tout à l'heure, quand la musique est douce, tu sais, je ne sais plus comment tu appelles ça.

— Un adagio. »

Marie reprit sa lecture bien avant l'endroit où elle l'avait arrêtée. Constance ne remarqua rien. « Dans dix minutes elle se sera rendormie », se dit-elle.

IV

Constance l'avait vue pour la première fois, un matin, sur la colline. La vieille ramassait du bois et chantait. Son chien était couché en travers du sentier, au soleil, la tête sur les pattes et il regardait aller et venir sa maîtresse.

Constance avançait sur le chemin et chantonnait elle aussi. Elle venait de quitter la grand-route, un peu plus haut que chez elle, pour suivre cette route ancienne qui traversait la montagne et ne servait plus maintenant qu'aux promeneurs et aux gens du pays qui possédaient une vigne au-delà de la colline. On y rencontrait souvent des bûcherons et, à la sai-

son, des chasseurs s'y donnaient rendez-vous.
Constance tenait son jeune chien en laisse.
C'était le premier jour de vacances, depuis septembre elle n'était plus revenue dans le pays.
Elle parlait à Médor à mi-voix et sérieusement,
elle lui présentait les bois, le caressait puis le
rudoyait, faisait valoir son autorité en haussant le ton. Le chien, alors, se couchait, avançait par bonds en rampant, implorait des yeux,
donnait la patte jusqu'à ce que la voix redevienne douce et que l'enfant consente à l'embrasser. « Je te pardonne », disait-elle. Et le
jeu recommençait.

Le chemin montait. Constance savait que,
bientôt, quand il tourne légèrement vers la
gauche, elle découvrirait sa maison dans la
vallée et pourrait observer ce qui s'y passait ;
elle verrait peut-être apparaître sa mère et
saurait si elle travaillait dans le jardin ou
s'étendait au soleil sous le pin parasol.

C'est à la fin des vacances d'été, l'année précédente, que Constance avait commencé à se
promener seule. Marcher dans la forêt, entendre ses pas, voir filer un petit serpent, être
poursuivie par une guêpe ou une abeille, toutes ces choses l'effrayaient un peu, mais quelle

fierté de partir seule, de suivre le chemin que l'on choisit et surtout de rentrer en disant : « J'ai été très loin, c'était formidable ! » La promenade, qu'elle avait décidé de faire ce matin, était celle qu'elle préférait, précisément parce qu'elle voyait la maison : elle se sentait indépendante, ce qu'elle aimait, mais non abandonnée, ce qui lui aurait fait peur.

Elle voit le grand chien noir et blanc avant la femme, s'arrête un moment et pense que les deux chiens risquent de se battre ou, plutôt, que le sien risque d'être attaqué. Elle siffle doucement, claque la langue ; le chien la regarde, remue la queue et se lève lentement comme à regret. « Il a des rhumatismes, il doit être vieux », se dit-elle rassurée. Le chien avance vers elle.

« Tranquille, Tahiti ! »

La vieille femme s'est redressée et regarde Constance et les chiens qui se flairent :

« C'est un mâle ton petit chien ?

— Pas encore tout à fait, répond-elle, il fait encore pipi accroupi.

— Tant mieux, autrement le mien n'aimerait pas ça ! Il grogne mais il n'est pas méchant... Tu habites par ici ? »

Constance avait montré la maison et la vieille avait dit :

« Ah, oui ! je vois. »

Elle avait dévisagé l'enfant et fini par sourire :

« Mais c'est une princesse ! »

Elles s'étaient mises à parler des chiens. Tahiti avait dix ans, c'était un chien trouvé, sans doute abandonné par un chasseur, ou perdu, car il n'avait pas de rappel, mais c'était un bon chasseur, on n'avait jamais à le nourrir. A part les petits animaux qu'il tuait, il aimait le pain sec, il en mangeait des baguettes entières, patiemment, comme un os. Rien d'autre, pas même le sucre qui lui faisait mal aux dents.

Constance écoutait, caressait le chien, calmait Médor jaloux et qui gémissait. Elle regardait la vieille : elle la trouvait fantastique, elle n'en avait jamais vu de semblable. Elle portait un pantalon très large et un chandail mauve et « sûrement pas de soutien-gorge », se dit Constance. C'était une femme forte, très ridée, avec une crinière épaisse poivre et sel, mais, ce qui frappait Constance, c'est qu'elle était habillée comme un homme et que cependant ses yeux étaient faits et ses lèvres maquillées avec un rouge violent. « C'est drôle de se faire les yeux le matin, surtout à la campagne. Elle est très vieille, même maman la trouverait vieille... » et Constance avait là-dessus comme sur toute chose des idées tout à fait tranchées, les vieilles femmes ne doivent pas se maquiller, c'est ridicule.

Constance ne pensait plus à repartir. Elle ramassait des pommes de pins, les mettait en tas puis s'arrêtait, écoutait, répondait, expliquait l'éducation de Médor, sa vie, Paris...

⁂

Dans la vallée, Marie sort de la maison, s'assied sur le muret, les pieds dans le vide. Hier, la nuit était déjà tombée quand elles sont arrivées. Marie a repris contact avec la maison et, plus tard, avec le ciel qu'elle avait regardé longuement avant de se coucher. C'était presque la pleine lune, elle ne s'en était pas aperçue en ville. Le phare du cap escaladait la montagne, lançait sa lueur régulière sur une portion du ciel et sur les crêtes, mais les jours de clair de lune, on oubliait sa présence, sa lumière paraissait moins vive, elle était écrasée par celle, somptueuse, de la lune, qui s'étendait en une traînée glacée et laiteuse.

« La lune c'est très beau, mais ça me fait un peu froid dans le dos, avait dit Constance.

— Il vaut mieux être deux pour la regarder ! »

Constance avait ri d'un air entendu :

« Tu veux dire qu'il faut avoir un amoureux ? »

Elle avait compté : encore cinq ans !

Peut-être moins..., avait pensé Marie.

Elle s'étendit sur le muret, elle aimait avoir le soleil dans les yeux. Il faisait parfaitement beau, trop beau, songea-t-elle, c'est mauvais signe, les nuages risquent d'arriver. Il faisait déjà si chaud qu'on aurait pu se croire en plein été si ce n'était l'absence des cigales et le vert de l'herbe... c'est la même lumière qu'à Nauplie, c'était le même mois... je me souviens de l'hôtel sur cette île minuscule et cette courbe parfaite du rivage... l'hôtel de luxe, chaque chambre était une cellule avec salle de bain et crépi neuf, un bon lit et la fenêtre presque au ras de la mer... les barques à moteur attendaient comme des attelages, prêtes à transporter chaque client... C'était une ancienne prison, on l'avait transformée en lieu pour touristes et, ma foi, les forteresses peuvent faire de beaux et bons hôtels si l'on est capable d'oublier — ou si l'on a peu d'imagination — ce que ces murs ont contenu de souffrance, de désespoir et de mort... Par un curieux raffinement, la prison actuelle était installée dans un grand bâtiment rectangulaire, à flanc de colline sur la côte... 200 mètres à vol d'oiseau... nous l'avions regardée longtemps... les fenêtres, toutes les fenêtres restaient allumées la nuit, c'est même ce qui avait attiré notre attention et le lendemain nous avions interrogé le gérant... oui c'est la prison, avait-il dit, avec des détenus politiques, et le règlement veut qu'on n'éteigne jamais la lumière... A partir de là, notre séjour avait été empoisonné. Nous prenions notre petit déjeuner et voilà que l'un de nous regardait la prison, oh ! juste un regard, mais l'autre avait compris et tout était fichu... c'est facile de signer des pétitions, surtout en France où on ne risque rien... mais voir la prison et savoir, un peu, pas grand-chose, plutôt deviner ce qui s'y passe... avoir cette prison sous le nez pendant qu'on prend le petit déjeuner ou un bain de soleil ce n'était pas possible... entre les prisonniers d'hier et ceux d'aujourd'hui on ne pouvait pas respirer. Et nous voulions être heureux, nous voulions aimer la Grèce...

Un matin, ils étaient montés à Mycène. Ils voulaient y arriver à pied. C'était un jour chaud et sans soleil avec un ciel lourd de nuages couleur d'ardoise. Ils marchaient, parfois enlacés, s'arrêtaient, se séparaient, repartaient, ouvraient le volume d'Eschyle dans la collection Budé qu'ils avaient emporté et lisaient à tour de rôle des passages d'Agamemnon. Ils imaginaient, ils voyaient le roi sur cette route, dans son char, suivi de Cassandre qu'il ramenait de Troie... Le palais était en ruine, mais rien ou presque n'avait changé : le ciel, les montagnes, l'odeur de l'air... Quelques autos les dépassaient ou les croisaient. La longue tirade de Clytemnestre à son roi qu'elle va égorger quelques minutes plus tard... « Je ne récite pas une leçon apprise, c'est ma propre vie que je vous dirai, ma lourde peine tout le temps que cet homme fut sous Ilion. Pour une jeune femme, rester au foyer sans époux, délaissée, c'est déjà un mal affolant... Pour moi j'ai vu tarir les flots jaillissants de mes pleurs, je n'ai plus une larme. J'ai brûlé mes yeux au cours des longues veilles où je pleurais sur toi, dans l'obstiné silence des signaux enflammés. Et dans mes songes, le vol léger et harcelant du moucheron m'éveillait, les yeux encore pleins des maux que j'avais vus t'assaillir, plus nombreux que les minutes de mon rêve. » Marie entrouvre les yeux, regarde la colline et le ciel où passe une Caravelle. C'était au moins il y a dix ans, pense-t-elle. Est-ce que Constance était déjà née ? Dans mon souvenir, c'était comme ici, mais la montagne était plus abrupte, plus sauvage, c'était un des coins de Grèce sans tendresse. Impossible de séparer Mycène du meurtre, des cris, des murmures pendant que le crime se prépare. Où était Electre ? Comment s'est-elle emparée d'Oreste ? de l'enfant Oreste !... En touchant ces murs en ruine, Marie s'était demandé si Electre avait caressé ces pierres ou si toutes avaient été disposées après coup... au moins elle a dû regarder la porte des Lions, la franchir souvent...

Marie ne bouge pas, elle se confond avec le muret. Là-haut, Constance continue à écouter la vieille. Elle est étonnée de ne pas voir apparaître sa mère. Elle regarde le grand divan vide sous le pin parasol et la voiture immobile, en plein soleil. Elle lance un long cri :

« Ou-Ou... Ouououououououou... »

Marie ne répond pas tout de suite parce qu'elle est à Mycène, il y a plus de dix ans, et qu'on ne peut pas arracher le passé si brutalement sans reprendre souffle. Il lui faut un temps pour rentrer en elle, telle qu'elle est devenue, sentir battre son cœur, sentir le goût de sa bouche, garder une seconde encore les yeux fermés et crier alors qu'elle plane à mi-chemin entre terre et ciel :

« OUOU, OUOUOUOU... » L'enfant répond vite et les voix se croisent au-dessus des grands chênes verts.

« Il faut que je rentre, dit Constance, et puis j'ai un peu faim.

— On se reverra, dit la vieille. Je m'appelle Lulu, et toi ?

— Constance. A bientôt, je viendrai un matin ou un soir.

— Le soir je suis sur l'autre colline, tu vois derrière chez toi... elle est ensoleillée plus longtemps et à cette saison les soirées sont encore fraîches... c'est une chose que tu ne sais pas... »

Constance déteste qu'on lui dise qu'il y a des choses qu'elle ne sait pas. Elle repart un peu froissée et songeuse... Où peut-elle bien vivre, cette femme-là ?... elle a bien un lit, une maison ?...

Marie commença à planter les lavandes qu'on lui avait livrées. Elle en voulait une terrasse entière devant la maison : recevoir leur parfum le matin en s'éveillant ; elle aimait leur couleur, ce bleu-gris insaisissable, sensible à la lumière, changeant comme elle, devenant douceur ou menace au gré du ciel et parfois si écrasé sous le soleil qu'il semblait ne plus exister et qu'il fallait s'appliquer, regarder avec attention pour découvrir l'éclat du mauve et ce gris, délavé, mangé par la lumière.

« J'en planterai vingt chaque jour, se promit Marie, dix jours cela fera le compte. »

Des amis passaient, s'installaient, repartaient, d'autres venaient pour l'après-midi. Constance avait ses têtes. Elle ne supportait ni qu'on l'ignore ni qu'on la traite comme un enfant. Peu de personnes trouvaient grâce à ses yeux et, d'une façon générale, elle préférait les hommes aux femmes. Pendant les fins de journées, quand le feu de bois flambait, elle s'asseyait contre la cheminée, le chien à ses pieds, et lisait les *Astérix*. Elle pouffait de rire de temps en temps : « Bravo, Théoric, Pasdfric, Histéric et Périféric ! Et maintenant à la forêt des Carnutes... Vive Coudetric notre chef ! » Ce qu'elle aimait bien, c'est qu'elle pouvait lire des passages à haute voix, même quand il y avait des amis très sérieux. Ils écoutaient, éclataient de rire ou disaient que ce n'était pas mal et que ce Goscinny c'était mieux que les Spirou et aussi bien que les meilleurs Tintin. Constance en avait par-dessus la tête des discussions politiques, surtout à propos de de Gaulle et de Mitterrand et de la Gauche et des communistes. Le Viet-nam, ça la touchait un peu parce qu'elle avait vu des photos terribles à la télévision, des enfants qui pleuraient, d'autres presque morts dans un hôpital. Surtout un, affreusement brûlé, et un soldat américain qui le soignait. Elle n'y comprenait plus rien : « Tu dis que c'est les Américains qui les bombardent. Alors ? Ils les blessent et puis ils les soignent ? Et les communistes qu'est-ce qu'ils font ? Ils sont contre les Américains ? » Elle montrait du doigt sur l'écran : « Mais celui-là qui a l'air d'un Chinois il est avec les Américains ou avec les communistes ? Et les Viet-cong ils sont avec qui ? Avec les communistes. Et la France ? Elle n'est pas dans la guerre ? Non. Je n'y comprends rien, répétait Constance, mais je ne voudrais pas vivre là-bas. »

Un jour, Jean vint les voir. Il arriva comme toujours les mains dans les poches et à l'improviste. Pour lui, Constance se leva et abandonna son livre. Quand il l'embrassa et lui dit qu'elle était belle, elle lança un coup d'œil heureux à sa mère. Marie avait reconnu sa façon de frapper à la porte, elle savait qu'il était là avant de l'avoir vu. Il salua les trois amis présents et ne vint qu'ensuite vers elle. Elle remarqua que ses yeux étaient beaux et sentit en même temps le regard de Constance sur leurs deux visages. Il dut prendre conscience du silence car il dit très vite :

« Je ne voudrais pas interrompre la conversation, de quoi parliez-vous ?

— De-la-politique-extérieure-du-Général, bien sûr ! dit Constance. Oh ! peut-être qu'avec vous

on ne va plus parler de politique, continua-t-elle.
— Tu sais c'est assez important... »
Elle l'interrompit aussitôt :
« L'amour par exemple, c'est beaucoup plus important, n'est-ce pas, Jean, dites-le ?
— Parfois ça se rejoint, ça s'influence... »
Constance perdit la partie ; deux minutes plus tard les phrases passaient à nouveau au-dessus de sa petite tête.
« Ça recommence », pensa-t-elle.
Elle levait les yeux, regardait celui qui criait le plus fort, suivait les voix, et pensait que cela ne finirait jamais. Elle se replongea avec dépit dans le dernier *Astérix* et se jura qu'elle n'aiderait ni à mettre la table ni à préparer le dîner : « Si le feu s'éteint, je n'y mettrai même pas une bûche, ils n'ont qu'à s'en occuper... »
Après le départ des amis, sa mère vint près d'elle. Chaque fois il fallait qu'elle se livre à de savantes manœuvres d'approche pour reconquérir l'enfant.
« Vraiment ça t'intéresse toutes ces conversations. Ce n'est pas drôle, je t'assure... vous ne vous voyez pas quand vous parlez...
— Tu sais, c'est toujours comme ça quand

on est hors du coup. Pour moi vos discussions d'enfants m'ennuient parfois.

— Tu n'en as jamais entendu ; les vraies n'ont pas lieu devant toi...

— C'est possible, mais il faut que tu admettes que les adultes ont des conversations qui t'ennuient ou même t'énervent.

— Pas toujours, quelquefois vous m'intéressez. Un matin j'ai eu une conversation avec une très vieille dame, eh bien, ça m'a intéressée.

— Elle t'a parlé de quoi ?

— De la vie.

— Et où l'as-tu rencontrée ?

— Au-dessus de la maison. Tu sais, quand je t'ai appelée l'autre jour, j'étais avec elle. Je lui ai dit que pour m'amuser j'allais t'appeler et que tu me répondrais tout de suite et puis c'était vrai. Elle a un chien qu'elle appelle Tahiti. Et il est très vieux, il est encore plus vieux qu'elle. Je crois qu'elle est pauvre, mais elle sait beaucoup de choses. Elle est drôle parce qu'elle est maquillée. »

Le lendemain, Constance arriva avant la vieille. Elle s'étendit sur sa veste et attendit en parlant à Médor. Elle n'avait pas envie que sa mère rencontre Lulu. Elle sentait que les deux femmes ne s'aimeraient pas. Elle entendit marcher.

« Ah ! te voilà, toi ? »

La vieille s'assit près d'elle et alluma une cigarette. Elle parlait peu et tirait de temps en temps de larges bouffées qu'elle avalait. C'est la seule chose que Constance n'arrivait pas à faire, elle savait rejeter la fumée par le nez, elle était même arrivée à tracer des cercles, mais toutes ses tentatives secrètes pour avaler la fumée avaient échoué. Il y avait quelque chose qu'elle ne comprenait pas. Elle regardait la femme fixement, sans sourire, et essayait intérieurement d'imiter ce qu'elle faisait, mais le geste était à peine perceptible et l'enfant n'arrivait pas à le localiser exactement.

Quand la vieille eut fini sa cigarette, elle en alluma une autre.

« Une cigarette ? » dit-elle d'un air amusé, et elle lui tendit le paquet.

Constance n'hésita pas, en prit une et allongea le cou pour l'allumer à celle de la femme. Tandis qu'elle aspirait, elle vit comme à la loupe le rouge écaillé, les lèvres sèches entourées d'un duvet très épais, et les points noirs autour du nez comme des centaines de petits cratères creusés de ravines. Elle leva les yeux et rencontra ceux de la vieille qui pétillaient entre deux traits de crayon.

« Mais c'est que tu sais fumer ! Et ta mère est d'accord ?

— Pas tout à fait, mais, vous savez, c'est une femme intelligente, alors elle dit qu'il vaut mieux que je le fasse devant elle qu'en cachette, elle n'a pas tort, c'est une des choses où je suis d'accord avec elle. Et vous qu'est-ce que vous en pensez ? »

Lulu ne répondit pas.

Elles restèrent à fumer, face à la vallée, sans prononcer un mot. Les chiens étaient étendus au soleil et de temps en temps chassaient une mouche. Quelques oiseaux passaient et, très haut, une buse planait presque au-dessus de la maison et se détachait sur un nuage blanc qui arrivait de l'ouest.

« Tu vois, fumer une cigarette comme ça, le matin au soleil, c'est parfois le bonheur... mais il faut pouvoir penser à tout ce qui est derrière soi sans regret... c'est cela qui est dur... mais ce n'est pas encore pour toi... toi, ce qui compte, c'est ce que tu as devant toi... c'est cela la jeunesse ! Qu'est-ce que tu vas faire plus tard ? Avec quoi est-ce que tu vas conquérir le monde ?

— Moi, je serai une très grande danseuse.

— Dis donc, c'est beaucoup de travail et tu sais déjà danser ?.

— Oui et il paraît que je suis très douée. Je fais de l'acrobatie aussi, et des pointes. »

Constance se dressa et retomba en grand écart puis vint toucher son genou avec la tête :

« Je peux faire le pont aussi, et sans mettre les mains. Je ramasse une fleur ou un mouchoir avec la bouche et je me redresse !

— Ce n'est pas mal, dit la femme, mais ce n'est pas de la danse, c'est de l'acrobatie.

— Je ne peux pas vous faire des pointes ici ; d'abord, je n'ai pas mes chaussons et puis on ne peut pas faire des pointes sur de la terre.

— Tu sais faire des entrechats ?

— Pas encore très bien. Mon professeur dit que la batterie ça peut s'apprendre plus tard et que ça vient tout seul. Les pirouettes je les fais bien, mais pas ici, c'est comme pour les pointes.

— Et montre-moi un peu tes développés. »

L'enfant se mit en seconde, passa en arabesque et ramena la jambe en avant.

« Ça c'est joli », dit Lulu. Elle mit sa cigarette à la bouche et battit des mains :

« Bravo, Constance !

— Mais vous avez fait de la danse quand vous étiez jeune ?

— Eh oui ! mais j'ai surtout fait du théâtre.

— Vous étiez une actrice ? Une grande actrice ? »

Constance sentit son cœur se soulever d'admiration.

« Et je chantais aussi. Je faisais de grandes tournées. Il fallait savoir tout faire, et supporter tous les climats...

— Racontez-moi ? Qu'est-ce que vous avez joué ?

— J'étais une jeune première. Tu ne sais pas ce que c'est, bien sûr. C'est pas les ingénues, c'est les amoureuses...

— Oui, je vois. Ça doit être bien. Moi j'ai appris *Le Médecin malgré lui*. Je jouais Lucinde... C'est ça une jeune première ?

— Tu sais, elle ne parle pas beaucoup ta Lucinde !

— Evidemment puisqu'elle est muette parce

que son père veut qu'elle épouse Horace alors qu'elle aime Léandre. »

Lulu souleva son chandail et découvrit une pochette en cuir dont elle sortit quelques photos. Constance eut le temps de voir des billets de banque. La vieille tendit un à un les clichés à l'enfant :

« 1927 ! C'est ma grande année ! »

Constance regarda une ravissante jeune femme aux cheveux courts et lisses, au nez retroussé. Elle portait une robe à taille basse, très courte, qui laissait voir de longues jambes fines et un pied cambré chaussé d'escarpins à talons un peu lourds. Ç'aurait pu être une silhouette d'aujourd'hui. C'est surtout la bouche qui révélait l'époque : les lèvres très dessinées, en « cul de poule » et trop maquillées.

« Est-ce que tu m'aurais reconnue ? »

Constance secoua la tête :

« Oh non ! vraiment pas, alors ! »

Elle voulut se rattraper, mais il était trop tard. « Les enfants n'en ratent jamais une », pensa Lulu. Elle regardait en silence, pendant un temps qui sembla long à Constance, une photo d'enfant qu'elle finit par lui donner :

« Ça, c'est Josiane, ma fille. A Canton, devant le plus bel hôtel ! »

Constance n'osa poser aucune question. Il restait encore deux photos : « Des hommes... », dit Lulu. L'un était un grand garçon très blond, en maillot de bain sur une plage. Il était étendu sur le ventre et appuyé sur les coudes, il souriait et semblait ébloui par le soleil. Il portait une gourmette :

« Une peau de fille, dit Lulu, mais pour le reste un homme...

— Vous avez eu beaucoup d'amoureux ? demanda Constance.

— Beaucoup.

— Moi j'en aurai un seul.

— On dit toujours ça à ton âge, mais après la vie arrange tout ça autrement.

— Non, on peut décider... Vous avez vécu en Chine ?

— Oui, à Shangaï, mais j'ai fait des tournées dans d'autres grandes villes et en Indochine, ça s'appelait ainsi à l'époque, maintenant tout est changé...

— Et c'était formidable ?

— Ah ! ça fait de beaux souvenirs !

— Il paraît qu'avant la révolution les parents

abandonnaient les petites filles dans les rues pour qu'elles meurent de faim.

— Oh ! tu sais, des gens qui mouraient de faim il y en avait beaucoup et de tous les âges !

— C'est dégoûtant ! Pourquoi est-ce qu'on fait plus mourir les filles que les garçons ?

— Les garçons sont plus utiles et puis ils meurent à la guerre, ça fait l'équilibre... les riches, il vaut mieux qu'ils ne parlent pas des pauvres : ils ne peuvent pas comprendre...

— Je ne suis pas riche.

— Je ne sais pas... mais tu n'es pas pauvre... regarde ta maison là-bas... ce n'est pas une maison de pauvre...

— Maman travaille.

— Ça, c'est autre chose...

— Quand vous viviez en Chine vous étiez riche ou pauvre ?

— Par rapport à maintenant j'étais riche, c'est-à-dire que je dépensais beaucoup d'argent et j'avais des « boys », des domestiques quoi...

— Alors si vous aviez des domestiques vous étiez riche ?

— Si tu veux.

— Et il y avait beaucoup d'hommes qui vous faisaient la cour ?

— Beaucoup... Tu sais, là-bas, il y avait beaucoup d'Anglais et de Français très chics, ce n'était pas comme en France. La vie aux colonies c'était une vie large, on s'amusait... surtout à Shangaï. Et puis, il y avait beaucoup d'officiers de marine... des beaux garçons... tu verras, la tendresse ça s'apprend au lit... »

Constance ne trouva rien à dire. Elle aurait voulu répondre quelque chose, avoir l'air de comprendre, mais elle resta silencieuse, émit juste un petit rire, mi-gêné, mi-complice. Sur la route, au-delà de la maison, elles virent passer des voitures. Ce n'était pas encore l'heure des touristes mais celle des gens du pays. Elles reconnurent l'énorme camion blanc et rouge qui venait livrer la viande au boucher. Lorsque Constance était au village à ce moment-là, elle restait sur la place et regardait, à quelques pas, les hommes vêtus de blanc, tachés de sang, énormes et souriants, charger sur leur dos un demi-bœuf, puis aller et venir entre la boucherie et le camion. Toujours, elle était prise de pitié pour les bêtes abattues :

« Je ne veux plus manger de viande », disait-elle..., mais elle se laissait convaincre qu'elles avaient été tuées sans souffrance ou que la viande lui était encore nécessaire pour devenir belle.

« Voilà le boucher, dit-elle, je n'aime pas qu'on tue les bêtes...

— Il vaut mieux tuer les bêtes que les gens, dit la vieille.

— Moi, il y a des gens que j'aime moins que des bêtes, qui sont plus méchants, répondit l'enfant.

— Dans le sud de la Chine on mange de la cervelle de singe vivant... oui, oui, ne fais pas des yeux comme ça, c'est vrai, c'est comme je te le dis... ce sont des repas très luxueux, tu comprends, comme le caviar chez nous... au centre de la table, il y a un trou comme le haut d'une boîte profonde, c'est calculé pour que le crâne du singe apparaisse... le maître de maison a près de lui un marteau, il tape, il casse à petits coups la tête du singe, puis il enlève le crâne comme le dessus d'un œuf à la coque et avec une petite cuiller il sert un peu de cervelle à chaque invité en commençant par l'invité d'honneur et quand il n'y en a plus, un serviteur apporte un autre singe...

— Ce n'est pas possible, elle est horrible votre histoire !

— Ce n'est pas tellement plus horrible que de manger des huîtres ou de clouer des chouettes sur les portes.

— Je déteste les huîtres et n'ai jamais vu de chouettes clouées sur les portes, dit-elle avec véhémence. Et puis ce n'est pas la même chose. »

Elle ne desserra plus les dents et s'efforça de ne pas entendre ce que disait Lulu. Mais elle avait dans l'oreille le bruit du marteau brisant le crâne du singe et les cris qu'il devait pousser. Cela lui faisait mal au ventre.

⁂

Quelle heure était-il quand Marie sortit de la maison ? Elle regarda le ciel. En ouvrant ses volets, elle baissait la tête et regardait le jardin, en bas, quand elle ouvrait la porte, elle levait la tête vers le ciel. C'est un geste qu'elle faisait toujours ici. Elle vit quelques nuages blancs arrivant de l'ouest, mais le ciel était d'un bleu doux et pur, de la couleur de certaines perruches que l'on vendait quai de la Mégisserie et qu'à Paris elle appelait couleur de ciel. Chaque fois qu'elle revenait, elle prenait conscience de la vie qui avait continué pendant son absence et dont elle avait imaginé la marche. La réalité pouvait être autre, elle l'était le plus souvent et, chaque fois donc, il fallait réajuster ce qui était avec ce qu'elle avait rêvé. Elle entrait dans la propriété en douceur comme on entre dans un vêtement fragile, elle essayait de ne pas se faire remarquer, de ne pas effrayer les hirondelles installées au-dessus de la table, près de la glycine, elle prenait garde de ne pas écraser le vieux crapaud qui avait oublié la prudence. La terre emportée par les pluies avait découvert certaines pierres contre lesquelles Marie butait ; il fallait apprendre à changer ses pas, trouver un rythme nouveau. Oui, chaque fois, presque tout était à réapprendre et le temps trop court des vacances y suffisait à peine. Le citronnier était mort de froid cet hiver. Elle l'avait cependant planté à l'abri du mistral, mais le vent d'est, paraît-il, avait soufflé pendant plus de quinze jours : l'arbuste ne l'avait pas supporté. La glycine aussi était morte en même temps que la vigne vierge. Elles avaient été plantées la même année, au siècle précédent, sans doute l'année de la construction de la maison. Elles étaient mortes comme elles avaient vécu, enlacées. Laquelle avait donné le signal du départ ? Laquelle avait entraîné l'autre ? Il n'y aurait pas d'ombre cet été sur la terrasse et il faudrait fuir le soleil trop brûlant que l'on recherchait au printemps. La mort des deux plantes avait libéré un rosier grimpant dont Marie vit les fleurs pour la première fois, des fleurs blanches, parfumées, presque sauvages, fragiles et qui tremblaient sur leur tige au moindre vent. En se plaçant bien, on recevait le parfum de ces roses, pendant les repas... « Cela donne presque envie de pleurer..., pensa Marie. Comment suis-je devenue pour que tout me touche à ce point, et la mort et la vie et la douceur et la violence, et ce qui est beau et ce qui est laid ? Attention !... » Regardant les roses blanches, elle vit une buse, immobile dans le ciel, celle-là que regardait Constance. « Il y a un petit animal qui n'en a plus pour longtemps... il ne le sait pas, ou il est déjà terré quelque part... Et il y a la guerre au Viet-nam et il y a des gens formidablement heureux, juste ce matin, qui se réveillent maintenant... Je vais planter les amandiers et les cyprès qu'on m'a livrés hier, ça me remettra les idées en place », décida Marie. Elle alla prendre les outils dans le garage et partit vers le verger, en face de la maison. C'est à ce moment-là que Constance vit sa mère. Elle en fut plus heureuse qu'elle ne voulait le montrer :

« Voilà maman ! Regardez, elle a mis sa chemisette rouge, on l'a achetée hier. C'est un rouge qu'elle aime beaucoup, elle dit que c'est un vrai rouge et que c'est très rare. Vous voyez, elle va planter les arbres. Elle m'avait dit hier qu'elle le ferait peut-être surtout s'il y avait une menace de pluie parce que c'est bon pour les arbres. »

La vieille femme comprit très vite que Constance, distraite, n'écoutait plus les tournées en Amérique du Sud. Elle se tut. Au bout d'un temps, elle se leva et commença à ramasser du bois mort. Le regard de Constance vers sa mère, cet attrait irrésistible, lui avait rappelé l'amour entre elle et sa fille. Est-ce qu'elle connaissait son bonheur, cette femme en bas qui creusait des trous et s'arrêtait de temps en temps et regardait autour d'elle ? Lulu aurait tout donné pour être à sa place et que Josiane soit assise là où était Constance au lieu d'être dans le grand cimetière de Shangaï.

Constance s'était ramassée sur elle-même, elle entourait ses jambes avec ses bras et, la tête posée sur les genoux, regardait sa mère. Elle allait rentrer, mais pas encore tout de suite, peut-être qu'elles seraient seules toutes les deux aujourd'hui. « S'il continue à faire beau on ira à la plage, peut-être qu'on y déjeunera et on parlera. Je lui dirai que je voudrais aller en Angleterre l'année prochaine, que j'apprendrai l'anglais et que je ferai du cheval... Ce soir, on achètera un poulet rôti à la broche et peut-être des fraises et de la viande pour Médor, on allumera le feu de bois et on mettra le disque de Joan Baez. Je voudrais bien un pantalon à taille basse... » Que de choses elle désirait sur terre, ses désirs étaient sans fin, chaque jour il en naissait de nouveaux. Le plus constant de tous était celui de devenir grande, de ne plus être un enfant.

Marie s'assit sur le haut de la terrasse, elle regardait ses plantations. Elle continuerait demain. Tout était à nouveau fort, solide. Ces arbres vivraient après elle et, à son tour, Constance en planterait, mais il ne fallait pas pousser plus loin : Constance était encore immortelle, la mort était quelque chose qui arrivait aux autres et toucherait Marie, pas Constance. Elle chassa facilement ce qu'elle ne voulait imaginer. « Je fais partie du monde, pensait-elle avec reconnaissance, j'existe et les arbres que j'ai plantés ce matin existent, ils vont s'inscrire dans ce paysage, le modifier, chaque personne en pénétrant ici verra ce que j'ai souhaité qu'elle voie et si le gel ou l'orage tue ces arbres-là, d'autres seront plantés par d'autres mains ; ça c'est immuable, ça ne peut pas s'arrêter. » Constance apparut sur le chemin, elle souriait. Le chien tirait sur la laisse. Elle vint se serrer contre sa mère :

« Regarde mon travail... les amandiers c'est vraiment rien, il faut les imaginer en fleur, mais les cyprès ils sont adorables, on dirait des petits chevreaux noirs ; ils obéissent déjà au vent !

— Moi je trouve que ça ressemble plutôt à de grandes bougies », dit Constance.

*
**

Trois jours de pluie changèrent le rythme de la vie. Quand, un soir, le mistral se mit à souffler et qu'elles virent briller les étoiles, Marie

et Constance surent que demain serait beau.
Marie ne put trouver le sommeil. Les nerfs à
vif, elle attendait les rafales successives, irrégulières comme une respiration folle, puis
écoutait le silence des temps d'accalmie et y
cherchait le départ, la naissance d'un nouveau
déchaînement. Elle savait la lumière aveuglante,
cruelle et sèche, qu'elle trouverait demain, avec
cet air d'innocence entre les bourrasques.

Constance se réveilla tôt, après une nuit parfaite. Elle vit filtrer le soleil entre ses volets.
Elle irait sur la colline, elle retrouverait Lulu
et Tahiti. Elle fila sans bruit, Marie ne dormait
pas depuis longtemps, elle avait plongé dans
un sommeil irréel et doux : une glissade sur
des nuages blancs.

Constance sentit l'air froid et vit le ciel trop
bleu. Les collines presque noires se découpaient
durement sur l'horizon et paraissaient proches.
Elle prit le chemin habituel. Arrivée au sommet, elle regarda les Alpes blanches :

« C'est pas mal ! » fit-elle pour elle-même.

Elle leur tourna le dos, prit sur sa droite et
bientôt entendit des pas. Elle était contente de
revoir Lulu ; ces trois jours sans elle la lui
avaient rendue plus proche. Elle avait des tas

de choses à lui demander. Elle lui cria bonjour de loin. La vieille répondit de sa voix un peu cassée mais forte :

« Salut, Princesse ! »

Retrouver le soleil après trois jours de pluie, c'était une façon de revivre.

« J'ai pensé à vous pendant qu'il pleuvait, où est-ce que vous étiez ? Est-ce que vous vivez vraiment dans les bois ? demanda Constance.

— Tu ne sais pas où j'habite ? Il faudra que tu viennes un jour. C'est par là. » Elle fit un geste de la main. « Une ancienne ferme, la ferme des Rinaudo, mais ça ne te dit rien, tu es trop jeune ! C'est une ruine aujourd'hui, il y a vingt ans qu'on n'y habite plus... depuis la guerre... Quand il fait beau ça va, je dors à la belle étoile, mais avec des murs de chaque côté, quand il pleut je vais sous la tente, j'ai une vieille tente américaine !

— Et en hiver vous habitez là ?

— Ah ! non, tu ne voudrais pas ! En hiver, j'habite dans une ferme, mais pendant les vacances on loue ma chambre à des Parisiens ! C'est la folie ici avec les étrangers ! Ils paient une chambre n'importe quel prix alors tant pis pour la pauvre Lulu !

— Vous pourriez venir à la maison », dit Constance.

La vieille éclata de rire :

« Tu en parleras à ta mère...

— Oui, elle sera d'accord.

— Tu sais, il y a quelque chose qui s'appelle la liberté... moi il ne me reste plus que ça, mais j'y tiens. Je ne veux dire merci à personne.

— Je vous comprends très bien, répondit Constance. Je vais vous aider à ramasser du bois », continua-t-elle.

Ce matin-là, Lulu avait envie de parler. Raconter sa vie à Tahiti ce n'était pas mal, c'était la dernière possibilité qui lui restait. Quand elle était couchée, le chien savait poser sa tête sur son ventre et la regarder sans bouger. Et, dans le silence de la nuit, Lulu parlait ; c'était un monologue qui ne se terminerait qu'avec la mort. Elle n'avait pas à se gêner avec Tahiti, tout y passait : le vrai, le faux, le moche, le beau ; ce qu'elle n'avait jamais dit à personne, elle le confiait à son chien et du moment que la voix était douce, régulière, que la fumée des cigarettes ne lui arrivait pas dans les yeux, Tahiti restait immobile, apparemment attentif, les oreilles vibrantes, les yeux tendres. Lulu passait sa main sur le museau :

« Tu ne comprends rien mais tu sais... et cela me fait du bien de parler », disait-elle. C'était en quelque sorte le fond du désespoir, et certains soirs, ce désespoir-là débouchait sur la sagesse. Lulu alors se taisait, elle sentait la chaleur du chien sur son côté, elle regardait les étoiles, et se laissait entraîner dans le même mouvement qu'elles. Des parties de sa vie étaient oubliées qui ne resurgiraient jamais. Il aurait fallu que quelqu'un la questionne, la force à retrouver la trame ininterrompue de son existence. Mais, depuis bien longtemps, plus personne n'interrogeait Lulu. Parfois elle se regardait dans le petit miroir accroché à un pan de mur, elle regardait bien toutes ses rides, son visage déformé, et ne se retrouvait pas, sauf une sorte de lueur claire au fond des yeux et un grain de beauté sur la pommette droite. Quant à son corps, elle n'en reconnaissait rien, ni le toucher ni l'odeur, il s'était transformé peu à peu sans qu'elle y prenne garde. Lorsqu'elle s'en était aperçue, il était trop tard. Il était devenu le corps d'une vieille femme.

La conversation entre Lulu et l'enfant démarrait difficilement. Une sorte de timidité réciproque et subite les paralysait. Elles dirent quelques banalités comme on se chauffe les muscles avant une course. Lulu venait de passer trois jours repliée sur elle-même. Elle n'avait pas oublié comment Constance avait dressé sa petite tête quand elle avait vu apparaître sa mère, comment sa pensée, son attention avaient été tout à coup mobilisées par les gestes qu'elle observait là-bas dans la vallée. Elle s'était sentie rejetée : on n'écoutait plus sa voix, on ne lui prêtait plus attention et quelques secondes plus tôt on était suspendu à ses lèvres. Elle avait retrouvé en un instant, dressée devant elle, sa jalousie passée, ce sens de la possession qu'elle n'avait ressenti pour personne comme pour sa fille, un sentiment d'amour presque sauvage et si total que la mort de l'enfant avait tué en elle la possibilité d'aimer qui que ce soit.

« Tu ne m'en veux pas pour l'autre jour, Princesse, je n'ai pas été gentille avec toi, j'étais de mauvaise humeur. »

Constance n'avait rien remarqué. Elle le dit. Elle regardait Tahiti qui se tenait debout tel un cheval fatigué, la tête basse, l'air absent, les pattes un peu écartées, vacillantes.

« Il est vieux, Tahiti, c'est comme moi. Il est fatigué. »

Constance le caressa, s'assit contre lui et le força à se coucher.

« Il y a un moment, tu vois, où il faut être tout le temps prêt à mourir. C'est drôle, on a toute la vie pour se préparer, et c'est quand même difficile. On croit que ça vous est égal, ce n'est pas vrai. Tu verras, plus on vieillit, plus on a peur. Pour toi, l'année prochaine c'est très loin, pour moi, c'est tout près... Les pêchers là-bas, chez toi, ils ne sont déjà plus en fleur... peut-être que je ne reverrai plus jamais un pêcher en fleur... A chaque automne, j'y pense, je me dis « c'est fini je ne reverrai « plus le printemps, et au printemps : est-ce « que je ne serai pas morte quand les cigales « chanteront »... et ainsi de suite et puis on voit de nouveau un été...

— Il paraît qu'il y aura des nouveaux médicaments et qu'on ne mourra plus.

— Alors, là, il y aura d'autres problèmes et puis ces médicaments ce n'est pas pour demain !... Tu vois, le pire c'est que personne ne me pleurera. On ne l'avoue pas, au contraire, les gens disent que mourir ça leur est égal, mais que ça leur fait de la peine pour ceux qui restent... C'est des histoires... moi je te le dis, on aime être pleuré, regretté. Ceux qui te diront le contraire, ils mentent. Il n'y a que Tahiti qui m'aime, je suis sa vie, mais Tahiti, il ne vivra pas après moi, je ne veux pas qu'il meure en chien errant, chassé de partout et qu'il finisse dans la poubelle municipale. »

Lulu ne regardait plus Constance. Elle se parlait à elle-même avec une certaine exaltation que l'enfant remarqua et qui l'étonna. Il y eut un silence. On aurait dit qu'une phrase restait en suspens. La vieille regardait autour d'elle.

« C'est superbe tout ça, mais que j'y sois ou pas, qu'est-ce que ça change ?

— Pour vous, si, dit Constance, et pour Tahiti.

— Oui, c'est ce que je voulais dire. »

Lulu vint s'asseoir près de l'enfant. Elle fouilla dans sa poche. Constance crut qu'elle cherchait un paquet de cigarettes et se réjouit. Elle en sortit un petit revolver noir. Constance fit un geste de retrait à peine perceptible, puis resta figée. Elle entendait battre son cœur, ses idées allaient très vite. « Il ne faut pas avoir peur », se dit-elle. Pas un mot ne sortait de sa bouche. La vieille gardait le revolver dans le creux de sa main.

« Ce n'est pas pour moi, c'est pour Tahiti. Il faut que j'aie le temps de le tuer avant de mourir. »

C'était la première fois que Constance voyait un vrai revolver :

« Et ça peut vraiment tuer ?

— C'est fait pour ça. C'est une sécurité. »

L'enfant regarda vers chez elle. Rien ne bougeait. Marie dormait. Le vent s'était calmé depuis le lever du soleil. Les couleurs crues, les contours nets faisaient paraître plus proche la maison. Mais Constance aurait voulu discerner un signe de vie.

« Tu as vu comme le vallon chez toi est plus vert qu'avant les pluies ? C'est bon pour la vigne ces pluies-là ! »

Constance eut envie de pleurer. Elle ne savait pas très bien sur qui ni sur quoi. Tout se mêlait dans sa tête. Est-ce qu'elle découvrait la pitié ? Et pour qui ? Pour la vieille ou pour Tahiti ? Ou bien encore était-ce un sentiment plus général qu'elle ne pouvait analyser, mais qui l'avait prise à la gorge, d'un seul coup ? Ou simplement était-ce la peur ? Elle n'y tint plus, se leva et dit : « Il faut que je rentre maintenant. » Elle partit ou plutôt s'enfuit, à pic, à travers les chênes-lièges et les pins maritimes que la maladie avait tués l'année passée. Tout en courant, elle voyait ce petit revolver noir, il dansait devant elle : « Et si elle le braquait sur moi, elle pourrait me tuer ? » Pour rien au monde, elle ne se serait retournée, elle se mit à chanter. Quand elle eut dévalé la colline et pénétré chez elle, elle se sentit mieux.

« C'est quand même une drôle d'idée de se promener avec un revolver », se dit-elle.

Elle cueillit quelques pois de senteur sauvages et remonta lentement le chemin qui menait à la maison. Elle entendit sonner le téléphone. Elle répondit. C'était Jeanne qui voulait parler à Marie.

« Ma mère dort », répondit Constance, et elle raccrocha.

Elle entra dans la chambre de Marie, sur la pointe des pieds, mais en souhaitant qu'un bruit involontaire réveille sa mère. Marie ouvrit un œil :

« Il est tard ?

— Très tard, tu es une mère indigne. »

Elle lui tendit les trois fleurs.

« Ma mère bien-aimée, je vous offre ces fleurs cueillies pour vous par votre fille adorée ! »

Elles éclatèrent de rire.

« Et dire que je voulais aller sur la plage très, très tôt ! Où as-tu été, toi ?

— Moi, sur la colline avec Médor, j'ai parlé avec Lulu. Elle était énervée aujourd'hui !

— C'est le mistral. Il faut avoir dix ans et les nerfs solides pour passer au travers. C'est le diable ce vent-là ! »

La mer et le ciel avaient la beauté vulgaire des cartes postales. La mère et la fille étaient seules sur la plage. Pour la traverser d'un bout à l'autre il fallait compter près d'une heure... Elles s'étaient déchaussées et mises en maillot de bain. Elles marchaient difficilement. Le rivage était comme chaque année encombré par tout ce que les tempêtes d'hier y avaient apporté. Partout, des ravines s'étaient creusées, elles déversaient dans la mer l'eau boueuse des dernières pluies. A certains endroits, des petites falaises s'étaient formées tant l'eau avait cogné, attaqué le sable. De tout cela, il ne resterait rien d'ici un mois. La plage serait à nouveau lisse et blonde, douce aux pieds, plate à l'infini, prolongeant la mer et le ciel avec tant de subtilité que certains jours il serait difficile de les distinguer, de ne pas les confondre. Il fallait voir cette plage en dehors de l'été pour découvrir la violence endormie sous l'été chaud et immobile.

Marie et Constance avançaient lentement : pas une silhouette, pas un bateau, pas un oiseau. Parfois, une rafale de mistral surgissait de la montagne, à ras de terre, elle soulevait le sable glacé puis s'attaquait à la mer où elle traçait des risées d'argent presque blanches qui faisaient mal aux yeux. Après, le silence revenait, l'air froid s'effaçait et l'on sentait à nouveau la brûlure sèche du soleil. Jamais le soleil n'est aussi implacable que lorsque souffle le mistral. C'est un soleil fait pour brûler, réduire en cendres. Médor courait sur la plage, dansait, voltigeait, avançait dans l'eau, essayait de boire, se roulait dans le sable, soulevait de longs roseaux morts qui pourrissaient lentement, puis revenait, la langue pendante, près de ses maîtresses. La mère et la fille ne parlaient guère. Elles arrivèrent à l'épave d'un bateau échoué depuis longtemps. La mer et le sable l'avaient dévoré lentement, il ne pouvait même plus servir de jeu aux enfants. Elles s'assirent un instant sur ce qui restait de sa coque. Les boîtes de conserves, les vieux flacons en plastique, les morceaux de carton, les bouts de bois, les bouteilles à moitié brisées rappelaient la saison passée.

« J'ai faim », dit Constance.

Elles repartirent. Elles pénétraient maintenant dans la partie qui devenait folle, en été, où l'on ne pouvait pas poser le pied sans heurter un corps, où les bateaux et les pédalos interdisaient presque l'entrée de la mer. Elles regardèrent les carcasses des restaurants et des « clubs ». C'était étonnant qu'à la veille de Pâques tout soit encore à l'abandon. Bientôt, les hommes viendraient préparer la saison, avec les canisses, les parasols, les matelas, le tourne-disque, un peu de vaisselle et beaucoup d'apéritifs. Il faudrait pouvoir venir avant, au moment idyllique, avant la ruée, quand les journées sont les plus belles, belles à en mourir ou, plutôt, belles à en vivre. En juin, il semble que la jeunesse ne finira jamais, que la beauté est là, immortelle, qu'il n'y a rien à craindre, rien à espérer non plus, puisque la perfection existe, à portée de la main et du regard. L'automne, c'est autre chose, plus sa beauté est douce plus l'envie de pleurer, à cause de tout ce qui va disparaître et qu'on ne voudrait jamais perdre, vous étreint. Tout va mourir petit à petit, en douceur, en tendresse et chaque jour est précieux. On vit dans la ferveur comme auprès d'un malade perdu et divinement beau. Marie pensait souvent qu'il faudrait toujours être comme au seuil de l'automne, quand tout est encore donné mais peut être enlevé. Le printemps c'est presque la sécurité, on peut s'endormir, gaspiller son temps, c'est la jeunesse de l'été.

Tandis que Marie se disait : « J'ai l'air de préférer l'automne ! », Constance pensait à la matinée, elle ne savait pas encore si elle en parlerait ou non à sa mère. Tout allait dépendre d'un rien et, justement, Marie sort de son idée du printemps et regarde sa fille :

« Ma chérie ! » Elle l'entoure de son bras et continue à marcher en regardant le sable. L'enfant lève la main et enserre celle de sa mère. Marie sent comme un battement affolé.

« Si tu mourais, tu ne me tuerais pas ?

— Qu'est-ce que tu as, Constance ?
— Rien, réponds-moi.
— Bien sûr que je ne te tuerais pas. »

Marie voudrait continuer à parler. Elle a compris qu'une chose grave s'est passée. Elle cherche, revoit Constance devant son lit, les pois de senteur rouges à la main et cet air enjoué pour les lui offrir. Enjoué, mais un peu solennel, distant. Elle sortait du sommeil, elle n'a peut-être pas regardé, observé comme il aurait fallu. Il ne faut pas commettre le moindre faux pas, et cependant il faut dire quelque chose, tout de suite. Comme les mots ne viennent pas, Marie embrasse l'enfant et répète : « Ma chérie ! » Elles marchent dans l'eau, un matelas d'algues, très épais, leur cache une partie de la plage. Elles s'y appuient debout, face à la mer.

« On dirait que le mistral est fini, dit Constance.
— Il faut se méfier avec lui, répond Marie.
— Cet été, j'aurai un maillot, un vrai maillot, n'est-ce pas ? Les slips, c'est fini pour moi, je deviens trop grande !
— Promis. »

Un avion à réaction traverse le ciel. Leur

regard le cherche là où il n'est plus : quand il le trouve, il suit ce glissement, ce fil blanc qui, dans un souffle effrayant, apparaît, disparaît. C'est à se demander si elles n'ont pas rêvé.

« Viens, on va chercher un restaurant. Tu as toujours faim ?

— Oui et je voudrais un Coca-Cola. »

Elles marchèrent encore une demi-heure avant de trouver un restaurant ouvert. Au loin, elles avaient vu une plage déjà aménagée, des gens allaient et venaient, des ombrelles de couleur se dressaient et des garçons portaient des matelas sur l'épaule et les étalaient sur le sable d'un geste un peu mécanique. Elles avaient bifurqué sur la gauche avec l'espoir d'éviter toute cette agitation et de trouver un endroit calme un peu en retrait dans les terres. Pourquoi m'a-t-elle demandé cela ? pensait Marie.

« Je voudrais qu'elle me questionne, mais je ne dirai plus rien », pensait Constance.

Elles s'installèrent à une table à l'abri du vent. Elles étaient assises l'une en face de l'autre presque comme deux femmes du même âge :

« A quoi penses-tu, Marie ? » commença

Constance pour bien montrer qu'elle ne voulait pas être traitée comme un enfant.

C'était un peu comme un code entre elles et Marie comprit l'intention mais hésita à parler. Ce à quoi elle pensait était horrible. Fallait-il que Constance connaisse l'existence de ces choses-là ? Avait-on le droit de planter cette angoisse dans le cœur d'un enfant ? Ou fallait-il chercher à le préserver ? Marie parla :

« Pendant la guerre... je ne l'ai pas vu, Constance, mais on me l'a dit, il y a eu des femmes juives qui ont tué leur enfant. On est venu les arrêter chez elles, leur donner l'ordre de venir immédiatement, sans rien emporter ou presque, elles ont saisi leur enfant, se sont précipitées vers la fenêtre et l'ont jeté dans le vide, et on m'a dit aussi que c'était arrivé dans le train. Elles tenaient leur enfant dans les bras, les officiers passaient dans le couloir en disant qu'on arrivait à une gare de triage et que les mères devaient remettre leur enfant ; il y en a qui les ont étranglés de leurs propres mains. »

Marie n'arrivait plus à parler. Elle regrettait déjà ce qu'elle venait de dire.

« Mais, tu sais, c'était peut-être des histoires

qu'on racontait, tout le monde était fou, on disait n'importe quoi.

— Oui, mais c'était il y a très longtemps. C'était la guerre. Maintenant, on est heureux.

— Dis-moi ce qu'il y a eu ce matin. »

Constance commença :

« Je t'ai dit que Lulu était énervée... elle sanglotait, elle me disait que personne ne l'aime, que si elle meurt personne ne s'en apercevrait, qu'elle était toute seule au monde, que toi tu es bien heureuse de m'avoir et d'avoir une maison et une voiture, de connaître des amis, qu'elle, elle ne parle jamais avec personne. Elle faisait de grands gestes en parlant et sa voix tremblait. Elle a appelé Tahiti et elle lui a parlé, il s'est assis en face d'elle et il lui donnait la patte tout le temps, une, puis l'autre, et puis elle l'a serré dans ses bras et elle lui a dit : « Tu ne pourrais pas vivre sans moi, tu m'ai-« mes, n'est-ce pas ? Je ne t'abandonnerai pas, « mon petit chien, tu viendras avec moi » et elle s'est mise à chercher dans sa poche et elle en a sorti un revolver tout petit et noir et elle faisait comme si elle allait tirer, elle le mettait contre l'oreille de Tahiti : « Voilà, lui disait-« elle, ça durera un instant et tu seras mort,

« mon Tahiti, et on nous enterrera ensemble. »
Il la regardait, baissait un peu la tête. Moi je
lui disais : « Mais Lulu, vous n'allez pas mou-
« rir, vous n'êtes pas malade », mais elle me
disait : « Si, je suis très malade, je suis usée, tu
« ne peux pas comprendre » ; elle a même dit :
« Je ne reverrai plus les pêchers de ton jardin
en fleur. Je suis une pauvre femme. » Elle pleurait et elle serrait le revolver sur son cœur. J'ai
essayé de la consoler, de la calmer mais rien
n'y faisait, alors je suis revenue parce qu'il
était tard. Et elle a dit que personne au monde
ne l'aimait et que personne ne pleurerait quand
elle mourrait. »

Le lendemain, Marie guetta le jour. Elle
s'était éveillée d'un seul coup. Les confidences
de Constance lui avaient laissé un malaise et
une angoisse qui ne l'avaient pas quittée pendant son sommeil. Il n'y avait pas que l'effroi
de ce qui aurait pu arriver, du danger que l'enfant avait couru. Il y avait le sentiment que la
vieille rôdait autour de la propriété, observait
Marie, l'espionnait, connaissait ses siestes au
soleil, ses soupirs, ses flâneries. Depuis des
jours, se disait-elle, je suis vue sans le savoir.
Elle imaginait Lulu encerclant le jardin, lente-

ment, et traînant son désespoir comme un loup blessé. Elle éprouvait pêle-mêle le remords, la peur d'un drame proche, une antipathie profonde mélangée de pitié pour cette vieille femme solitaire. Elle ne savait pas encore comment elle agirait pour empêcher Constance de filer à nouveau vers ces rendez-vous de la colline. Irait-elle voir Lulu ? Allait-elle proposer à l'enfant des distractions qui rompraient la liberté des jours pour l'occuper et détourner son attention ? Elle passa une robe de chambre et sortit, le chien sur ses talons. Le soleil n'était pas encore levé. Le vallon baignait dans la brume, les feuilles des arbres étaient humides ; elles brilleraient dans le premier rayon de soleil. Mais tout était encore opaque, sans un souffle de vent. Marie frissonna. « Je vais marcher un peu », se dit-elle. Elle écrivit un mot : « Suis sur le chemin entre les vignes » et le posa sur une marche de l'escalier. Elle alluma une cigarette. Le soleil se lèverait bientôt et tout changerait, elle serait emportée alors. Où était le temps où chaque réveil était un triomphe, où elle vivait comme s'il devait être le dernier ? « Ma ferveur, pensa-t-elle, où est ma ferveur ?... Il l'a tuée... s'il l'a tuée c'est que je ne l'avais pas, c'était un vêtement prêté, rien de plus... il me l'a enlevé en partant : « Donne-moi s'il te plaît ton manteau de ferveur »... pris, disparu, fini... pas de pitié sur soi-même, écrase, ne t'arrête pas, là n'est pas la question... si tu as la petite flamme, elle brûlera toujours, sinon il n'y a rien à faire, tu ne l'acquerras jamais... la grâce en somme. » Elle éclata de rire toute seule : « Marie, tu es une janséniste qui s'ignore... » Elle avait marché jusqu'au pied de la colline, un ruisseau coupait le chemin. Elle regarda quelques iris jaunes avec leurs feuilles épaisses et comme vernies. Elle leva les yeux, le ciel plus clair avait perdu ce ton entre le mauve et l'ardoise qui l'avait oppressée quelques minutes auparavant. Ou était-ce elle qui avait déjà changé ? Elle se retourna et contempla la maison rose, entourée de pins parasols avec leurs pousses dernières-nées d'un vert plus tendre et le fût des troncs rouge sombre. C'est comme les arbres de Cézanne, c'est lui qui a le mieux vu les pins..., pensa-t-elle. Le premier rayon de soleil frappa la maison tandis qu'elle la regardait. Il lui sembla qu'elle prenait vie, qu'elle souriait et bougeait. Elle resta là, appuyée à un chêne-liège. C'était signe de beau temps quand la brise et le soleil apparaissaient ensemble. Dans quelques minutes, il n'y aurait plus trace de brume. Comme Constance avait dû avoir peur du revolver ! Elle ne le dirait jamais et Marie ne poserait pas la question. Elles étaient bien d'accord là-dessus et appréciaient cette discrétion, cette pudeur réciproques. Quand elle était encore une très petite enfant, bien plus jeune que Constance, car Marie se souvient encore de l'effort pour se hisser sur le lit, elle était allée un jour un peu plus tôt que d'habitude trouver ses parents. Son père était déjà levé et elle s'était mise à sa place en se serrant contre sa mère. Le plateau du petit déjeuner était sur le lit. Sa mère finissait un toast. En se coulant sous les couvertures, Marie avait pris garde de ne rien renverser. « Je vais nourrir mon alouette », disait sa mère et elle lui donnait des miettes croustillantes que l'enfant avalait goulûment comme elle l'avait vu faire aux oisillons. Après, on mettrait le plateau par terre et on pourrait remuer librement. Dans la salle de bain, Marie entendait des bruits barbares, mais dans le lit il faisait bon, chaud, tiède et calme. Elle avait glissé les mains sous l'oreiller de son père et avait rencontré quelque chose, un objet dur et froid. Elle l'avait pris : c'était un revolver. « C'est vraiment un revolver ? » avait-elle dit à sa mère. « Mais non, ma chérie, ce n'est pas un méchant revolver, c'est ton père qui a mis ça là, donne-le-moi. » Marie se souvient encore de ce contact et du poids de l'objet dans ses mains... « Peut-être que Lulu est là au-dessus de moi ? Les chiens vont se sentir et aller l'un vers l'autre, nous nous rencontrerons en dehors de Constance, ce sera mieux. Je verrai bien ce qu'il y a dans son regard, le désespoir se reconnaît... nous parlerons et peut-être que nous nous comprendrons. »

Mais, ce matin-là, Lulu était au village. Marie continua sa promenade dans le chemin bordé de vignes. Elle ne quittait pas la maison de vue et pensait que Lulu faisait de même. Une petite fille y dormait profondément.

Constance n'alla plus sur la colline. Elle resta autour de la maison. Parfois, elle levait le regard et Marie remarquait qu'elle avait l'air de guetter un bruit. Un soir, après dîner, elle vit trembler un petit muscle autour de la bouche de l'enfant... « Quand ce rictus-là se montre, c'est qu'elle est sur le point d'être débor-

dée », pensa-t-elle. Mais elle ne dit rien et
Constance non plus. Elle ouvrit les fenêtres
pour laisser entrer la nuit. Elles étaient assises
chacune d'un côté de la grande cheminée.
Entre elles, le feu se mourait. « Il faut qu'elle
apprenne », se disait Marie.

C'était le dernier mois des vacances. Toutes
les lavandes étaient plantées.

.*.

Les mois de mai et de juin furent souvent
beaux à Paris cette année-là. Constance travaillait bien et portait avec coquetterie ses nouvelles robes d'été. Un matin, Marie reçut une
lettre de Jeanne à qui elle avait prêté sa maison
du Midi :

« Le grand événement d'hier, c'est l'histoire
de celle qu'on appelle ici « la vieille folle ».
Tout le village en parle. Peut-être la connaissais-tu, moi je dois dire que j'ignorais son existence. On est toujours bouleversé quand on
découvre des histoires de ce genre, on oublie —
ou j'oublie — que ces choses-là existent. Oui,
je suis mise face à face avec mon égoïsme et ce
drame me force à me souvenir que la solitude

existe, que je l'ai connue. Mais, tu sais, l'espèce humaine est increvable, on oublie le mal, la douleur et on ne s'en souvient que quand ils frappent à nouveau.

« Je suis bien chez toi. Il fait un temps superbe, je reste des heures à lire (ou faire semblant) au soleil, à regarder les lézards qui viennent se chauffer. Quand j'ai trop chaud, je vais à l'ombre du pin parasol. As-tu remarqué (oui, sûrement) que le soleil tourne autour de lui et qu'il garde toujours une part d'ombre ?

« Bref, j'attendais Denys qui doit arriver après-demain et j'avais oublié le malheur du monde... Et j'en veux à la vieille, et je m'en veux de lui en vouloir, etc., de venir bien me mettre le nez dans le désespoir.

« Donc, hier matin, un type du village, Bernardi je crois, prenait le chemin au-dessus de chez toi. Il était avec son chien, dans sa camionnette 2 CV. Je ne sais pas pourquoi il s'est arrêté. Le chien s'est mis à flairer et a disparu (tu sais qu'ici ils n'ont que des chiens de chasse !), il l'a sifflé, la bête n'est pas revenue, au bout d'un temps il l'a entendu aboyer et est allé voir... la suite est affreuse. Il a trouvé la vieille à moitié morte, gémissante, inconsciente et près d'elle son chien mort criblé de coups de couteau... Entre eux un revolver (sans balle, paraît-il) et le couteau... Quand Bernardi a vu cela, il est retourné au village, et de la mairie on a fait venir la police et une ambulance. La vieille est morte hier soir sans avoir rien dit, je crois du reste qu'elle n'a pas repris connaissance. Que s'est-il passé ? Pourquoi a-t-elle tué le chien ?... Elle avait le visage et les mains et les vêtements couverts de sang, mais elle ne portait pas une seule blessure, pas une trace de violence. On a retrouvé son porte-monnaie avec pas mal d'argent. Elle n'a sûrement pas été attaquée. Est-elle devenue folle tout d'un coup ? Tu te rends compte : mourir seule dans les bois à notre époque ? Il est vrai que mourir seule dans un asile de vieillards ou à l'hôpital est aussi affreux... »

Marie resta oppressée pendant toute la journée. Elle essaya plusieurs fois d'appeler Jeanne. Le téléphone ne répondait pas. Elle aurait voulu avoir des détails, parler, dire ce qu'elle savait...

A cinq heures, elle alla chercher Constance à l'école. Paris attendait l'orage. L'enfant fut surprise de voir sa mère. « On va manger une glace ? — Oui, rue Saint-Louis-en-l'Ile. » Elles mirent un temps fou à descendre le boulevard Saint-Michel. « Il faudra dire la vérité à Constance avant les vacances », pensait Marie. « Je la veux moitié noisette, moitié framboise, ou s'il n'y a plus de noisette, citron-framboise... » se disait Constance.

A quelques jours de là, un soir, Marie et Constance passaient par une de ces rues de Paris où l'on rencontre encore des clochards. Elles s'assirent dans un petit square près de Notre-Dame. En face d'elles, deux clochards mangeaient tout en parlant. Chacun avait sa bouteille de vin. Constance les remarqua et ne les quitta plus des yeux. Marie comprit mais questionna quand même.

« A quoi penses-tu, Constance ?

— Tu crois qu'elle est heureuse Lulu ? »

V

« Tu ne veux vraiment pas aller dormir... il est tard.

— Quelle heure ?

— Plus de dix heures.

— Je ne suis pas du tout fatiguée...

— Mais tu t'ennuies, ce n'est pas intéressant pour toi ce que nous disons...

— Justement, c'est très intéressant, ça m'intéresse beaucoup... vraiment... vous pouvez continuer, je vous écoute. »

Elle prit l'air sérieux, une main sur la tête de

Médor, le regard posé sur sa mère qui continua :
« Oui, je disais, le silence, le silence des couples, ce n'est pas tellement parler qui est nécessaire mais savoir qu'on pourrait, qu'on peut le faire... qu'il existe quelqu'un au monde avec qui on peut aussi bien parler que se taire et que, dans le silence ou dans la parole, la transparence continue, la communication ne s'arrête jamais... Une très vieille femme m'a raconté une histoire... son histoire et je ne l'ai jamais oubliée... c'était pendant la guerre de 1914, elle était fiancée... un amour d'enfance, d'adolescence, ils étaient jeunes tous les deux... vingt, vingt-deux ans... il est fait prisonnier... pendant des mois, elle poursuit des démarches auprès de la « Kommandantur » pour obtenir, je ne sais sous quel prétexte, son rapatriement... elle y parvient... Un jour, on lui annonce son retour pour le lendemain... il arrivera par le train avec un convoi... C'était en hiver, dans une ville du Nord, peut-être en Belgique, je ne sais plus. Il neigeait, les rues étaient boueuses... vous savez comment sont les rues après les chutes de neige... elle s'habille, elle se prépare, elle regarde dehors le temps qu'il fait et décide de mettre ses « galoches », on en portait beau-

coup, paraît-il, ces années-là... c'était de grosses chaussures en caoutchouc...

— Comme nos bottes en caoutchouc, dit Constance.

— Oui, mais vos bottes vous les mettez à la place de souliers, celles dont je parle n'étaient pas des bottes et se portaient par-dessus la chaussure.

— Oui, je vois... comme d'énormes escarpins... comme mes escarpins vernis mais sans nœuds et en caoutchouc... ça devait faire un grand pied... ça ne devait pas être fameux !

— ... C'était très lourd aux pieds et assez grossier... Dans la gare, elle attend, elle est nerveuse, émue... elle se voit dans la glace, sans doute se regarde-t-elle avec beaucoup d'attention et elle remarque combien ces galoches sont disgracieuses, cela la frappe malgré les jupes que l'on portait très longues.

— Oh ! moi, j'adore ça, les robes très serrées à la taille et puis très larges et qui traînent par terre.

— Non, ça ce sont les robes romantiques... c'est avant...

— Et les mini-jupes, ça ne te plaît pas ? demanda Jean.

— Les mini, c'est bien si on a de très jolies jambes, vous voyez, mais autrement c'est ridicule, c'est même laid... il y a des filles horribles et elles portent des mini-jupes... je ne comprends pas... moi je n'oserais pas... et puis il faut porter des collants... avec des bas, ça ne va pas... tu vois ce que je veux dire, maman... bon, alors, les galoches...

— La vieille dame m'expliquait l'importance de ce petit morceau de jambe qu'on laissait voir, cette ligne qui marquait la fin du mollet et la cheville et le cou-de-pied mince, élégant, qu'accentuait la bride du soulier et la cambrure du pied... enfin, elle se trouve horrible avec ces galoches crottées et lourdes et elle les retire... mais qu'en faire ? Elles sont dégoûtantes, elles vont tacher son manteau, elle ne peut pas les cacher dans son sac... Elle achète un journal... n'importe lequel, sans y prêter attention... celui que lui tend le vendeur... « Un « journal s'il vous plaît, monsieur »... et elle enveloppe ses galoches... Sans doute s'est-elle regardée une fois encore et s'est-elle trouvée plus jolie, plus gracieuse... Elle va sur le quai, le train arrive... elle cherche Armand... il s'appelait Armand... il n'y a que des hommes dans ce train... on l'interpelle, on la taquine, on plaisante, elle se sent belle, désirable, elle cherche l'homme qu'elle aime... tout est bien... ils se découvrent, restent sans paroles l'un en face de l'autre avec les gens qui passent entre eux et qu'ils ne voient pas... ils s'étreignent... et c'est sans doute le moment le plus heureux de sa vie, celui dont elle dira avant de mourir : « Voilà « le moment de bonheur de mon existence ! », celui qu'elle essaiera d'atteindre à nouveau pendant les années qui vont suivre... mais elle ne le sait pas... cette étreinte n'est qu'un début, la promesse de ce qui sera... ils s'embrassent, ils se caressent, ils murmurent des mots inintelligibles... ils se contemplent... je n'invente pas, je vous raconte la chose comme la vieille dame me l'a racontée, comme elle est restée dans son souvenir... ce n'est peut-être pas la réalité, peut-être que cela ne s'est pas passé sur le quai, simplement parce qu'il était interdit d'approcher les prisonniers avant une série de formalités... peu importe... Armand voit le journal, son visage change et pour elle, dans son souvenir, à cette seconde, il devient *autre*... il dit : « Tu lis le journal de l'ennemi... » elle ne répond rien, elle n'explique pas ni ne se défend...

— Elle est idiote... elle devait l'engueuler ! dit Constance.

— ... Ils se sont mariés, ils ont eu un enfant, il est mort maintenant... mais quelque chose, le principal, avait été tué sur le quai de la gare... vous voyez, le silence... un instant de manque de courage, un abandon, une blessure d'amour-propre et ils ont été *autres*, ils se sont vus *autres* et ils ont su qu'ils étaient vus *autres*... C'était empoisonné...

— Mais ils auraient pu se rattraper, dit Jean, c'est que ce serait arrivé à un autre moment mais inévitablement... il y avait ce germe d'incompréhension entre eux, cette vanité...

— Qui sait ? Quand cette confiance enchantée du début de l'amour est tuée, je ne sais pas si on peut la faire revivre... ce mélange de confiance et de mystère... c'est le plus précieux... le plus fragile... il faut se dépasser...

— Oui, dit Jean, mais là, c'est la confiance qui a été frappée... parler n'aurait servi à rien... l'idée qu'elle pouvait être devenue ainsi n'aurait pas dû pouvoir effleurer Armand, il aurait dû savoir pourquoi elle avait acheté ce journal... c'est qu'il ne l'aimait pas ou que lui-même était capable de ce dont il l'accusait...

— Mais il était vulnérable, affaibli et peut-être naturellement faible... il sortait d'un cauchemar... elle aussi aurait dû comprendre... ils n'ont pas su se mettre à la place de l'autre... c'était des enfants... est-ce que vous croyez que tout est si tranché ? Est-ce qu'on peut être sûr que leur amour ne pouvait pas survivre ? D'ailleurs, ils se sont aimés puisqu'ils se sont mariés... ce n'est pas par convenance qu'ils l'ont fait, du moins je ne le crois pas, il devait exister quelque chose de très fort entre eux... ils n'ont pas pu se quitter...

— Ça, ça ne veut rien dire, beaucoup d'êtres n'ont pas en eux la force nécessaire pour se renouveler, pour repartir... on reste là où on est par manque de courage non par amour.

— Vous croyez ? Même à vingt ans... Je crois que c'est une lâcheté qui vient plus tard, quand on est installé... et qu'on ne veut pas se réembarquer... alors on prend l'excuse des enfants, de l'appartement, d'un attachement au passé et puis du reste, c'est vrai, qu'il n'est pas si facile d'arracher ses racines... on risque de se tuer... c'est affreux à dire, ce n'est pas très noble, mais on quitte rarement quelqu'un si ce n'est pour aller vers un autre... le vide fait peur... on vit en veilleuse, mi-endormi, et parfois le réveil de la ferveur ne vient jamais... à de rares moments on en prend conscience, c'est comme un éclair et puis on retrouve l'ombre et on peut ne pas la quitter jusqu'à la mort... Parfois on ne la quitte pas jusqu'à la mort...

— La grande majorité des gens craignent la lumière..., dit Jean.

— Moi, je ne suis pas d'accord avec vous..., intervint Constance. La fille a été idiote... elle n'avait rien compris aux garçons... les garçons sont timides... beaucoup plus que les filles et surtout quand ils ont de la peine ou quand ils sont amoureux, ils ne disent rien... moi j'aurais agi tout à fait autrement... je lui aurais dit tout de suite que j'avais acheté le journal sans le regarder pour envelopper mes bottes et que j'étais distraite parce que je pensais à son arrivée et il aurait été content... Puis je lui aurais pris la main et je l'aurais embrassé...

— Tu aurais fait la petite chatte », dit Jean.

Marie continua :

« Quand tu me fais la tête parce que je t'ai froissée, je pourrais te rouer de coups, t'accabler d'injures sans que tu te justifies.

— Les amoureux ce n'est pas la même chose.

— C'est pire », murmura Marie.

Il commençait à faire moins chaud. Un vent léger s'était levé, on l'entendait dans les platanes, on le voyait sur la rivière où il s'étendait en larges et douces risées. Les voitures en passant éclairaient un instant les berges puis la nuit recommençait.

« Nous avons bien fait de prendre la rive gauche, remarqua Jean.

— Je voudrais faire comme les gens qui passent en voiture, rouler toute la nuit et demain matin être chez nous et prendre un bain dans la mer, dit Constance.

— J'ai peur de m'endormir au volant, autrement je le ferais.

— J'aurais pu conduire...

— Oh ! oui, c'est vrai, il aurait pu conduire, ça aurait été formidable... on le fait, maman ? Oui ? »

Marie dit précipitamment que jamais un homme n'avait conduit sa voiture. Cela sortit d'elle comme un cri.

« Vous l'avez depuis combien de temps cette voiture ?

— Trois ans.

— Et jamais un homme...

— Jamais... ça s'est trouvé comme ça... c'est idiot, n'est-ce pas ? »

Jean parut changer de conversation :

« Il y a des choses évidentes, dit-il, et celles-là, on n'hésite jamais à les faire... »

Marie fit suite à sa voix :

« Elles sont si rares et il est si difficile d'être assez pur — ou de le rester ou de le devenir —, non, j'ai tort, on l'est ou on ne l'est pas, donc je veux dire, d'être assez pur pour percevoir les choses évidentes... ce qui est évident pour l'un ne l'est pas pour l'autre, c'est cela les conflits, enfin pas tous les conflits mais certains... il faut avoir les mêmes évidences... je ne parle pas des goûts, c'est tout autre chose que je veux dire... »

Jean acquiesça, mais Constance manifesta un peu d'agacement :

« Je ne peux pas avoir les mêmes goûts que toi à mon âge, ça c'est évident ou, comme tu dis, c'est une évidence...

— Non, ce n'est pas exactement cela que je voulais dire. »

Marie regardait Jean, elle lui sourit :

« Si on partait ? dit-elle.

— Oh ! oui, je t'en supplie, je t'adore... c'est formidable », cria Constance.

Jean se leva :

« Je vais prévenir le patron et commander deux cafés. »

Dès qu'elles furent seules, Constance vint se jeter dans les bras de sa mère, elle se fit toute douce, l'embrassa dans le cou, sur l'oreille, puis tout d'un coup la regarda bien dans les yeux :

« Tu faisais souvent des choses comme ça, avant ? Tu as souvent roulé la nuit ?

— Oui », répondit Marie.

La nuit était claire, pleine d'étoiles à l'hozizon car la lune était déjà haute. Les platanes de chaque côté de la route se rejoignaient presque, et Marie se dit que c'était beau comme une voûte d'église. Elle craignait le sommeil et s'efforçait de penser à des choses précises. Elle serrait les doigts sur le volant, faisait le dos rond pour mieux sentir la chaleur du dossier mais elle n'arrivait pas à fixer son attention et chaque papillon écrasé sur le pare-brise la faisait sursauter. Elle guetta les voitures au loin. Elle aimait ces rencontres fugitives où le dialogue phares-codes tenait lieu de conversation, de coup d'œil, avant la retombée de la nuit et du silence. Constance regardait la carte avec sa lampe de poche :

« On est sur la route 433 et c'est le Rhône
— Non, c'est la Saône.
— Je te dis que c'est le Rhône.
— Non, seulement à partir de Lyon, regarde bien.
— Je sais bien quand même !
— Marie a raison », dit Jean.

L'enfant se tut un moment, promena la lampe sur la carte et finit par dire :

« D'accord. »

Jean lui conseilla de s'étendre et de dormir mais elle refusa.

« Quand on verra les premiers cyprès..., commença Marie.

— Tu te souviens, maman, de ceux qu'on a plantés à Pâques... ils auront déjà grandi, tu ne crois pas ? »

« Je suis sûre qu'elle pense à Lulu », se dit Marie. Elle avait attendu le plus longtemps possible pour lui annoncer la mort de la vieille femme. L'enfant avait reçu la nouvelle sans broncher. « Et Tahiti ? » avait-elle demandé. « Ils sont morts ensemble. — C'est ce qu'elle voulait... c'est bien de mourir comme on veut et quand on est très vieux... » Marie avait acquiescé à tant de sagesse. Elle avait cru que Constance la questionnerait sur le revolver mais rien n'était venu. Avait-elle oublié ? Voulait-elle oublier ? Depuis, Constance n'avait plus jamais fait allusion à la mort de Lulu.

« J'ai froid derrière », dit-elle.

Jean proposa sa veste ; Marie lui fit un petit signe qui signifiait : « Vous n'avez pas compris... »

« Tu veux te mettre près de nous, dit-elle.

— Pourquoi pas... je veux bien... »

Elle enjamba le siège et se trouva là où elle voulait : entre eux, assise, serrée, à la fois lien, séparation et contrôle. Ils roulèrent près d'une heure sans parler.

« Il faut prendre de l'essence, remarqua Jean.

— C'est moi qui cherche le poste, toi tu ne regardes pas, je te dirai... et vous non plus... tu veux un Esso ou un BP ?

— Ça m'est égal. »

Un panneau sortit de la nuit : « Esso à 3 kilomètres. »

« Je sais très bien que vous l'avez vu, dit-elle après un moment, vous croyez que je ne vous observe pas. »

Ils choisirent de rire et Constance fit comme eux. Mais elle dit quand même à sa mère :

« Tu me prends toujours pour un enfant. »

Plus tard, elle s'endormit après avoir lutté longtemps et demandé l'heure plusieurs fois. Elle se laissa aller, s'appuya sur Jean, leva les yeux vers lui, murmura bonsoir, puis posa sa main entre sa joue et le chandail ; bientôt elle inclina son corps complètement vers le sien, son buste bascula sur les cuisses de l'homme. Marie tourna la tête et les regarda tous deux. Jean esquissa un geste comme une caresse sur le visage et les cheveux de l'enfant :

« C'est drôle... c'est déjà une femme et elle le sait...

— Oui, mais pas comme nous le croyons... Elle le sait par instinct... je n'ai jamais vu une petite fille attendre d'être grande avec une telle intensité... Elle se prépare à une fête.

— Elle a raison, dit Jean.

— Vous ne connaissez pas d'autres petites filles ?

— Si, une, ma nièce, la fille de ma sœur, elle a à peu près le même âge...

— Vous avez une sœur ?

— Elle est morte l'année dernière à cette époque-ci. »

Marie ne trouva rien à dire. Elle aurait voulu ne pas avoir posé la question. « La nuit est belle, je suis bien, je veux le rester », se dit-elle, mais de côté, elle vit la tête de Jean se tourner vers la fenêtre ; elle connaissait bien cette façon qu'il avait de regarder au loin, le cou rentré dans les épaules, quand quelque chose l'accablait.

« Vous l'aimiez beaucoup ?

— Les souvenirs d'adolescence surtout, le lycée, les conversations... on est, ou enfin je suis très égoïste, vous savez. » Jean commença à parler de la vie de Françoise et de sa mort :

« Un cancer très rapide », dit-il.

Il se tut un instant puis continua :

« Le cancer, c'est le Minotaure des temps modernes...

— N'en parlez pas comme un poète, ni de lui ni de la guerre... ils n'ont pas droit au langage de la poésie... il faut en parler avec haine et la poésie a toujours une part d'amour et de beauté. »

Après Lyon, sur l'autoroute, ils s'enivrèrent

de vitesse. Routes, phares, roues, pensées parallèles, ils filaient avec le bruit du vent à leurs oreilles. Marie avait allongé les jambes de Constance sur ses genoux. L'heure de la fatigue était passée. « Je suis bien avec moi-même », pensa-t-elle. Elle se sentit ramassée, forte. Elle aimait l'intimité qui la liait à sa voiture, l'obéissance de l'accélérateur, le ronronnement à peine perceptible, continu, du moteur et cette chaleur presque vivante à ses pieds.

« Le premier cyprès ! » dit Jean.

Il se dressait, plus sombre que la nuit, immobile, parfaitement symétrique ; quand les phares l'éclairèrent, il fut pendant un instant un arbre véritable avec des aiguilles, des branches, une couleur ; Marie le regarda dans le rétroviseur ; il était redevenu sculpture, marbre noir. Elle pensa aux rafales de mistral qui l'avaient secoué ce printemps, qui le réattaqueraient en automne... le vent, le feu.

« Vous avez lu le petit bouquin de Bachelard, *La Flamme d'une chandelle* ? demanda-t-elle.

— Oui, répondit-il, comme s'il était en train d'y penser... vous vous souvenez quand il dit que la flamme est une verticalité habitée... »

Il récita : « Quelle délicatesse de vie dans la flamme qui s'allonge, qui s'effile ! Les valeurs de la vie et du rêve se trouvent alors associées. »

« Oui, c'est ça... je suis incapable de me souvenir exactement d'une citation... A un moment, il cite un poète, je ne sais plus lequel, qui appelle un arbre « un bûcher de sèves ».

— C'est Louis Guillaume...

— Et quand il parle du travail la nuit, être seul et lire, apprendre à la lumière d'une chandelle... le livre, l'homme, la chandelle et la solitude... il en parle comme d'un bonheur... Elle hésita puis rit un peu... Il faut être fort, c'est tout, et très intelligent... et il dit aussi qu'il ne faut pas regarder la flamme mais être éclairé par elle, sinon on rêve au lieu de travailler.

— Vous ne voulez pas que je conduise un peu... je conduis très bien, vous savez.... je suis même prudent et vous pourrez regarder la chandelle et rêver... »

Elle esquiva la réponse.

« Vous savez ce que dit Bachelard de la rêverie ? qu'elle se contente de nous porter ailleurs, mais sans nous donner la force de nous élancer vers une vie nouvelle, alors que l'imagination est une des formes de l'audace humaine... ne me poussez pas à rêver... les rêves m'engluent, j'en ai assez de rêver, je vous assure.

— Alors conduisez et surtout ne rêvez pas, ça peut être dangereux. »

Constance dormait profondément, étendue de tout son long, abandonnée :

« On dirait une jeune feuille de saule, vous ne trouvez pas ? dit Marie.

— Oui, pas mal... Peut-être qu'un homme lui dira plus tard « ma feuille de saule bien-aimée »... Ils rirent ensemble.

« La Provence arrive, je la sens, dit Marie. Après Avignon je vous donne le volant mais avant je veux voir l'aube. »

Jean souleva avec délicatesse la tête de l'enfant, s'enfonça davantage sur son siège et ferma les yeux. Marie jeta un coup d'œil dans le rétroviseur pour découvrir Médor, mais il devait dormir par terre, à l'abri du vent. Seule, elle éprouva une sensation délicieuse de liberté. Bientôt le ciel commença à pâlir. « J'attends l'aube, elle va se lever », pensa-t-elle. Jusqu'à sa mort, elle serait sensible à l'aube. Elle lisait dans les calendriers les heures de lever du soleil et, l'été, lorsqu'elle s'éveillait tôt, elle hésitait souvent entre son désir de rester au lit et celui, très fort, de se lever. « Vais-je la voir ? » Elle parlait de l'aube comme d'une personne. L'hiver, c'était facile, elle était levée bien avant elle mais il arrivait toujours vers Pâques un matin où elle s'éveillait en retard sur le jour. Peut-être que voir l'aube était pour elle une façon un peu enfantine de se rassurer : tout était en ordre dans la machine terrestre, la journée se passerait bien, rien n'était à craindre, les dieux étaient favorables. Elle savait pourtant, elle savait raisonnablement que jusqu'à la fin du monde le jour se lèverait à l'heure prévue quelles que soient les joies ou les peines des hommes... le soleil... les horloges..., pensa Marie, les bureaucrates du monde entier ont suivi leur exemple : insensibles, méthodiques, absents à toute humanité... et pourtant ce sont des hommes, eux, c'est cela qui est inconcevable... et ils ont choisi d'être des machines, des mécaniques... aucun sang ne coule dans leurs veines, ils n'ont jamais éprouvé les « mouvements du cœur » ou ils les ont si bien oubliés que c'est tout comme... Un jour ils seront remplacés par de véritables machines, c'est déjà commencé... ce sera peut-être mieux, il n'y aura plus d'ambiguïté, on saura à qui on s'adresse, on ne cherchera plus un regard, une vibration dans la voix, ce sera une belle machine qui dira : « Madame, il faut payer cette échéance dans les délais prévus, autrement nous serons obligés de prendre certaines dispositions qui ne vous seront pas profitables... » On n'éprouvera plus de honte que ce soit un homme qui prononce ces paroles, on ne pensera plus : mais enfin cette personne qui est devant moi a bien une femme, des enfants ou une vieille mère ou un ami, ne fût-ce qu'un chien, ce n'est pas possible de traverser toute une vie sans qu'un jour ou l'autre son cœur ne se soit ému... Marie rit toute seule... « Ce qui serait drôle, c'est que la machine, créée et mise au point par des hommes intelligents et subtils, donne des réponses plus humaines que les bureaucrates... On ne sait jamais... »

Il ne restait plus que vingt-cinq kilomètres jusqu'à Avignon. L'autoroute évitait Orange. Elle était déserte ; Marie poussa à fond sur l'accélérateur. Elle regarda sa montre : « Je me donne dix minutes », se dit-elle. Cette idée l'amusa. Elle décida qu'elle ne réveillerait Jean qu'après Aix. Elle le regarda dormir :

« Pourquoi pas... pourquoi ne pas essayer... être simple... » Oui, c'était cela et elle n'y arrivait pas... les quelques visages qui s'étaient approchés du sien lui avaient donné envie d'éclater en sanglots... il aurait fallu qu'elle éprouve un sentiment assez puissant pour la projeter en dehors d'elle-même, l'empêcher de réfléchir... se jeter à l'eau en somme... « Je suis prise dans les glaces... au bout du monde, quelque part au pôle Nord. » Le contact des sexes était bien plus facile que celui des mains ou des visages. L'idée insupportable, c'était un visage contre le sien, une promenade la main dans la main. Elle revit plusieurs images qui lui firent mal. « Ce n'est rien... ce n'est rien », répétait-elle. « C'est le petit matin, le manque de sommeil... j'ai été heureuse pendant tout ce voyage, c'était une belle nuit heureuse... il a même pu parler de la maladie de sa sœur... j'ai su couper court... je peux parler de tout, penser à tout sans que mon cœur batte plus vite... oui je suis maîtresse de moi, littéralement maîtresse de moi... » Constance bougea légèrement, Marie rattrapa une de ses jambes qui allait tomber... Elle sentit la chair tiède de l'enfant... « Que cela ne lui arrive jamais, jamais... » Elle se trouva les larmes aux yeux... « Ce n'est rien, se dit-elle encore, un moment de faiblesse à cause de la nuit blanche, cela prouve que je me laisse aller et si je me laisse aller c'est que je sens que je peux le faire, que je suis assez costaude pour le supporter... il y a quelques mois encore j'étais tout le temps sur mes gardes... maintenant je peux m'abandonner... c'est bon signe. » Elle se regarda dans le rétroviseur et vit son visage déformé, ses yeux rougis, son nez gonflé et ses cheveux décoiffés.

Elle avait quitté l'autoroute depuis longtemps et roulait vers Aix. Elle décida de s'arrêter. « Je m'arrangerai un peu... ce n'est pas possible que Jean me voie comme ça. » La boule dans la gorge avait disparu, ses mâchoires purent se décontracter, elle sentit dans sa bouche le goût des larmes refoulées. Tout d'un coup, elle se rendit compte que les étoiles avaient disparu et que le jour était levé. « J'ai raté l'aube, pensa-t-elle, j'étais là à attendre et Dieu sait quelle pensée m'a prise, absorbée...

j'ai tout oublié... le trou noir. » Elle vit les haies de cyprès qu'elle aimait tant. Médor s'était éveillé, il vint mettre sa tête sur son épaule, elle lui donna une petite tape sur le museau et lui dit bonjour à voix basse, il remua la queue, allongea la tête, tira ses yeux et ses oreilles en arrière en une sorte de sourire. Elle arrivait au-dessus d'Aix et ralentit pour se ranger. Elle s'arrêta très lentement, en douceur, avec l'espoir de ne pas les réveiller. Mais Constance ouvrit les yeux, Marie mit le doigt sur la bouche. Elles se glissèrent hors de la voiture. Elles s'étirèrent comme des insectes et bâillèrent avec volupté.

« Une fois qu'on est là, dit Constance, on est arrivé ! J'ai soif, pas toi ? »

Marie se rappela qu'elle avait emporté un thermos de thé et des biscuits. Elle alla les prendre à pas de loup. Jean dormait, la bouche légèrement ouverte, une mèche de cheveux rabattue sur le front. « Couche-toi », dit-elle au chien qui pleurait. Elles s'éloignèrent de la voiture et allèrent s'asseoir au pied d'un arbre.

« Tu n'as pas dormi du tout, toi, demanda Constance, tiens je te donne du thé... mange un peu aussi. »

Marie se laissait faire :

« Oui, gâte-moi, c'est bon. » Elle but avec délices et croqua un biscuit :

« Demain matin on sera réveillées par les cigales, dit-elle.

— Tu te souviens l'année passée, il y en avait une sur l'arbre juste à côté de la maison, devant ma chambre, tu te souviens, tous les matins elle commençait à chanter à la même heure. Elle m'exaspérait, elle chantait de plus en plus fort et puis s'arrêtait pile, je ne sais pas pourquoi, et le pire c'est que les autres lui répondaient...

— Oui... » Marie se souvenait, un jour l'enfant excédée était entrée dans sa chambre. « Viens avec moi, lui avait-elle dit, on va l'attraper cette cigale, je n'en peux plus, même si elle ne chantait pas un matin, elle me réveillerait, c'est devenu une habitude, tu comprends... » Elles étaient descendues et avaient attendu que la cigale lance à nouveau son chant. Elle se confondait tellement avec le tronc de l'arbre qu'elles avaient failli ne pas la voir mais, une fois découverte, Marie avait montré à Constance comment le ventre de l'insecte vibrait pendant qu'il chantait. « Il n'y a que les mâles qui font du bruit, les femelles sont silencieuses, avait-elle expliqué.

— Ah !... c'est peut-être pour se faire remarquer des femelles ? » avait dit l'enfant.

Marie ne savait pas. Elle avait pris la cigale, difficilement, car ses pattes restaient accrochées à l'écorce de l'arbre, et elles étaient allées au fond du vallon la poser sur un figuier.

« Et ici il n'y a pas de cigales ?

— Je crois que si, mais il est encore trop tôt, elles chantent quand elles sont au soleil.

« Quand j'étais enfant, commença à raconter Marie, je devais avoir à peu près ton âge, mes parents venaient en vacances dans le Midi, ils avaient une maison pas loin d'où va Jean, je t'y amènerai un jour... A la fin de la saison, j'étais tellement triste de partir que le dernier jour, en quittant la plage, je remplissais un petit flacon avec du sable et un autre avec de l'eau de mer et dans le jardin je capturais une cigale, je la mettais dans une grande boîte d'allumettes percée de trous... c'étaient mes trois trésors. En ville, je les mettais à côté de mon lit et je les regardais tous les soirs. Evidemment, la cigale mourait, de froid ou de faim, je ne sais pas, mais je la gardais morte, elle séchait.

— Et elle ne sentait pas mauvais ?

— Non, je ne me souviens pas, je ne me souviens même pas si j'étais triste de sa mort. L'été suivant, le jour du départ, je jetais le sable, l'eau et la cigale.

— Et tu emportais les flacons ?

— Oui, je les emportais vides pour les remplir le dernier jour de vacances...

— ...Quand tu quittais la plage pour la dernière fois... tu appelles ça être sentimentale ou romantique ?

— Que tu es maligne, dit Marie... je ne sais pas très bien... je préférerais que ce soit romantique mais je n'en suis pas sûre...

— Si on se faisait belles ? » dit Constance.

Elle sortit prestement du sac de sa mère tout ce dont elle avait besoin : brosse, peigne, lait démaquillant, coton, kleenex et miroir :

« Je commence, dit-elle en s'installant en tailleur, comme ça tu te reposes un peu et après je te tiendrai la glace pour que tu te coiffes. »

Marie s'allongea sur le sol, les mains sous la nuque, les yeux vers le ciel. Très vite, la voix de Constance lui sembla lointaine, un petit gazouillement imprécis :

« Pourquoi est-ce qu'à Paris je ne peux pas employer ton lait de beauté ? Tu sais je n'ai plus l'âge des Mustela et Compagnie... il sent bon ton lait... je suis sale, tu ne peux pas imaginer... où est-ce que je mets le coton sale ?... Et mes cheveux... ils sont mêlés, c'est inimaginable... heureusement qu'il y a ta brosse, avec un peigne je n'y arriverais pas... tu avais les cheveux courts ou longs à mon âge... dis... »

Constance regarda sa mère et vit qu'elle dormait. Elle acheva sa toilette, se versa un peu de thé, grignota un biscuit puis regarda passer les voitures mais elle s'ennuya vite et chercha quoi faire... aller prendre Médor ? éveiller Jean ? ou Marie ? Elle se sentit agacée par ces gens endormis autour d'elle. Les hommes ont le sommeil beaucoup plus lourd que les femmes, pensa-t-elle avec dégoût. Elle pourrait appeler Médor, il gémirait et Jean serait bien obligé de l'entendre, oui... mais elle réfléchit qu'il serait plus convenable que sa mère se soit coiffée avant que Jean ne vienne. Elle se pencha vers Marie et l'embrassa très doucement :

« Maman... il faut t'éveiller... il faut te coiffer. »

Marie n'avait pas bougé mais, les yeux encore fermés, elle sourit.

« Je te prépare tout, disait Constance qui déjà imbibait le coton de lait, tu veux que je te nettoie le visage ? »

Elle avançait la main. Marie ouvrit les yeux et prit le petit tampon qu'elle se passa sur les joues et le front :

« Oh ! que c'est agréable !... J'ai dormi longtemps ? Je crois que j'ai rêvé mais je ne sais plus de quoi...

— Tu sais que je te parlais quand tu t'es endormie ?

— Jean est réveillé ?

— Oh ! non, il dort... tu crois qu'il ronfle la nuit ?

— Mais je n'en sais rien... il faut le lui demander.

— De toute façon, il paraît que les hommes disent toujours qu'ils ne ronflent pas... je ne me marierai jamais avec un homme qui ronfle... »

Marie se coiffait devant le miroir que Constance tenait :

« Tu ferais mieux de mettre un foulard, conseilla-t-elle, surtout avec le vent dans la voiture...

— Il faut réveiller Jean », dit Marie.

Constance appela Médor qui se mit à gémir puis à aboyer d'impatience.

« Pendant qu'il se réveille, je vais le sortir.

— Vous vous mettez à côté de moi ? » dit Jean.

Marie expliqua qu'elle préférait s'installer derrière pour s'allonger. Ils firent un départ foudroyant.

« Ce n'est pas une moto, lui cria Marie à l'oreille.

— Allez-y, Jean, vite, aussi vite qu'une Ferrari ! »

A cette heure-là, ils traversèrent Aix comme le vent.

« On va vers Brignolles ? interrogea Jean.

— Oui, dit Constance à tout hasard... C'est formidable, on les dépasse tous ! »

Aux pieds de Marie, le chien buvait le vent dans un état d'enthousiasme proche de celui de l'enfant. Marie se redressa un peu, regarda la nuque de Jean et ses mains d'homme sur le volant, avec ses veines apparentes. Il lui sourit

dans le rétroviseur et sans doute parce qu'il vit en elle une certaine confiance, il demanda :
« Peur ?
— Vous ne conduisez pas mal ! mais ne collez pas aux voitures avant de les dépasser, je vous en supplie, je ne peux pas le supporter...
— Moi, au contraire, je trouve ça formidable, on croit qu'on va rentrer dedans, on prend son élan et puis on dépasse juste au dernier moment, dit Constance... continuez, Jean, maman dit ça mais je suis sûre qu'au fond ça l'amuse. »

Marie observait Constance, menue à côté de l'homme, le visage levé vers lui, le regard admiratif, une façon de prendre le vent pour que ses cheveux volent avec beauté autour de sa tête. « Elle doit penser qu'un homme c'est merveilleux », se dit-elle. Un attendrissement très doux s'empara d'elle en les regardant tous deux... trois solitudes... mais elle, rien ne lui résistera, ni personne, elle fera tout éclater. Une petite phrase venait de monter en elle, surgie ou resurgie elle ne savait d'où, ce n'était pas un cri mais un murmure répété tandis que défilaient au-dessus d'elle les branches et les feuilles des platanes : « Le jour se lève », « le jour se lève »... Pourquoi est-ce que je remarque ces mots-là aujourd'hui, pourquoi résonnent-ils ainsi, c'est une phrase toute bête que l'on prononce souvent. Je voudrais m'endormir en y pensant. Elle perdit un peu conscience, avec le sourire aux lèvres... elle rattrapa la phrase, la replaça d'où elle venait... « Le jour de la naissance de Constance, tu étais allé vers la fenêtre et tu avais dit : « Le jour se lève... » Elle rouvrit les yeux : « Il faut que j'apprenne à penser « il » et non pas « tu », se dit-elle avec une sorte de rage... Mon Dieu, y a-t-il un amour qui finit bien ? Jamais, jamais... on trouve toujours la souffrance au bout et cela n'a jamais empêché personne d'aimer. » Elle se tourna vers Jean et Constance, elle voyait bouger leurs têtes, remuer leurs lèvres, l'enfant riait, montrait du doigt quelque chose sur la route mais Marie entendait à peine ce qu'ils disaient : la jeep... la jeep... Elle s'endormit.

« Et vous roulez vite dans votre jeep ? Moi c'est mon rêve d'avoir une jeep, plus tard j'en aurai sûrement une... et puis on peut rouler sur le sable... vous vous rendez compte : arriver sur la plage en jeep...

— Oui, c'est très pratique, disait Jean, surtout pour les mauvaises routes et les pistes du désert...

— Les pistes du désert, répéta Constance en rêvant... Vous êtes allé dans le vrai désert ? »

Jean sourit :

« Oui, j'y vais souvent pour mon travail.

— Mais c'est quoi votre travail ?

— Ça s'appelle l'archéologie.

— Donc vous êtes archéologue ! Et vous faites quoi exactement ?

— Par exemple, je fais des fouilles pour découvrir des civilisations anciennes ou pour mieux les connaître.

— En somme, vous vous baladez tout le temps ?

— Pas tout le temps malheureusement. Parfois il faut rester à Paris.

— Vous êtes allé en Egypte ? Moi, de tout ce que j'ai appris en classe, c'est l'Egypte que je préfère, surtout Néfertiti et les pyramides et puis la Vallée des Rois.

— Mais tu n'y es pas allée ?

— Non, mais j'ai vu des photos en couleurs. Notre prof' d'histoire est formidable. Et où êtes-vous encore allé ?

— En Afghanistan et au Pakistan !

— Il y a des chiens afghans en Afghanistan ?

— Non, pas du tout, je n'en ai jamais vus, sauf le roi qui en avait, il les avait fait venir d'Angleterre.

— Mais si vous vous baladez tout le temps vous ne pouvez pas avoir une femme ni des enfants... ou alors il vous faudrait une femme qui aurait le même métier que vous, mais de toute façon pour les enfants c'est difficile à cause de l'école. Est-ce que c'est un métier de femme, archéologue ?

— Oui, pourquoi pas, dit Jean.

— Et on a une jeep, dit Constance comme pour elle-même. Et vous n'avez jamais rencontré une femme archéologue ?

— Non, jamais, répondit-il.

— Et vous avez déjà été marié alors avec une femme qui n'était pas archéologue ?

— Non, jamais, répondit-il encore... tu es une petite personne qui pose beaucoup de questions... là tu ne ressembles pas à ta mère. »

Constance chercha une distraction dans le coffret à gants, elle y trouva du chewing-gum et des sucettes. Elle en choisit une à la menthe et commença à la sucer gravement : « Je n'ou-

vrirai plus la bouche, il peut en être sûr... »
Elle se retourna vers Marie, ce qui lui permettait de regarder Jean en même temps, à la dérobée. Sa mère dormait paisiblement, une main sous la tête, l'autre posée sur le chien qui dormait lui aussi.

« Elle est fatiguée, dit Jean.

— C'est normal, répondit Constance, c'est quand même elle qui a conduit toute la nuit et elle aurait très bien pu conduire jusqu'à la maison. »

Il lui demanda de regarder sur la carte :

« Après Brignolles, tu sais la route qu'il faut prendre ?

— On continue jusqu'au Luc évidemment... vous ne connaissez pas la route ? Comment est-ce que vous venez d'habitude ?

— Plutôt par le train.

— Vous n'avez pas de voiture ?

— Oh ! non ! surtout pas... une chambre et c'est tout !

— Et la jeep ?

— On me la prête pendant mon travail et puis c'est tout... Est-ce que vous n'avez pas soif, mademoiselle, est-ce que je ne peux pas vous offrir à boire ? »

Il la regardait si gentiment que sa rancune tomba. Elle avait déjà remarqué que les hommes et les garçons oubliaient très vite les vexations. Elle avait son idée là-dessus : nous, les filles, on est rancunières, on se venge et les garçons tombent des nues, ils disent : « Mais qu'est-ce que je t'ai fait ? » Jean était pareil... peut-être qu'il ne s'était même aperçu de rien... il n'avait plus envie de parler et il s'était tu... c'est tout...

L'idée de boire avec Jean lui plaisait :

« Je n'ai pas très soif mais je veux bien boire, dit-elle avec un certain détachement. On réveillera maman ?

— Non, il vaut mieux qu'elle dorme, le soleil n'est pas encore très chaud et j'essaierai de trouver un endroit à l'ombre... »

A deux, c'était encore mieux... « Je prendrai Médor pour qu'il ne la réveille pas », dit-elle à haute voix.

Ils trouvèrent un de ces postes « Total », blanc, anonyme, avec un pompiste qui souriait « cheese » avec l'accent du Midi. Jean rangea la voiture à l'abri du soleil. Ils entrèrent dans une sorte de petite cafeteria presque déserte, toute en carrelage et en matière plastique, avec des murs de clinique. Constance vit tout de suite le billard électrique et la machine à disques :

« On fait une partie ?

— Oui... mais, attention, je suis très fort... d'abord on boit... qu'est-ce que tu veux ? Moi, un café noir, dit-il à la serveuse.

— J'aimerais bien un Coca, dit Constance, mais si vous trouvez qu'il est trop tôt je peux boire un thé...

— Alors un café noir et un Coca.

— Je peux mettre un disque... moi ce que j'adore c'est de le voir descendre. »

Il fit signe que oui.

« Mais c'est que je n'ai pas d'argent », dit-elle.

Il sortit quelques pièces de monnaie de sa poche. Elle les compta :

« Vous savez que vous m'avez donné cinq francs ? Vous êtes d'accord ?

— Ce n'est pas assez ? dit Jean.

— Mais si ! cinq francs, vous vous rendez compte, juste pour jouer ! »

Déjà Jean cherchait d'autres pièces dans sa poche, mais Constance lui mit sous le nez celles qu'il venait de lui donner.

« Ah ! cinq cents francs... je t'ai donné cinq cents francs...

— Vous êtes tous les mêmes dans votre génération, vous êtes toujours avec vos anciens francs mais nous, à l'école, on fait tous les problèmes en vrais francs, enfin ce que vous appelez les nouveaux francs... vous n'avez pas l'habitude des enfants, hein ? »

Elle alla mettre un disque d'Adamo.

« On fait la partie ? » Ils burent rapidement, elle attacha Médor à la table, lui recommanda d'être sage et ils allèrent vers le billard électrique.

« Tu commences », dit Jean.

Constance n'était pas très forte à ce jeu. Elle ne le pratiquait que rarement à Paris, dans un bistrot près de chez elle. Mais elle était fascinée par l'allure des garçons pendant qu'ils jouaient. Elle les observait, les jugeait. Il y avait ceux qui s'acharnaient, secouaient l'appareil, ceux qui se crispaient, réagissaient toujours trop tard, et la bille filait dans le fond. Il y avait les désinvoltes ; ils bougeaient à peine, ils se tenaient légèrement déhanchés et Constance aimait la façon qu'ils avaient de poser les mains sur les pressoirs et d'appuyer les pouces juste à la dernière fraction de seconde, la bille alors rebondissait sur les flippers et allait heurter les bumpers. Elle écoutait crépiter les petites étincelles et voyait monter les chiffres du compteur en même temps que s'allumaient les lampes. Les garçons avaient un visage impassible, ils jetaient à peine un regard à ceux qui les entouraient et paraissaient ne même pas lire le chiffre inscrit à la fin de la partie. Ils retournaient près de leurs copains comme si de rien n'était. Constance les regardait passer. Ceux-là, elle les admirait. Il était rare que le bistrot soit vide et comme elle ne jouait pas bien elle n'aimait pas s'exhiber. Elle n'avait pas fait de progrès. Elle avoua à Jean :

« Vous savez, je ne joue pas très bien.

— Ça ne fait rien... c'est pour s'amuser... allez, vas-y... »

Elle commença. Jean appréciait ou critiquait les coups. A la fin, il lui dit : « Tu veux que je t'apprenne... tu pourras épater tes copains... moi ça ne fait rien que je sache que tu ne sais pas jouer, je suis un vieux monsieur, non ? »

Elle ne le contredit pas. Il se plaça derrière elle, les mains sur les siennes :

« Ne t'affole pas, disait-il, laisse venir la bille... tu vois... voilà... elle est repartie... un petit coup, mais au dernier moment... tu vois... essaie d'attraper le truc... pas trop fort, autrement elle file par-derrière... non... non... attends... là on a perdu, on a trop attendu... tu sais, c'est à la fraction de seconde près. »

Ils firent plusieurs parties. Le cœur de Constance battait trop vite... Elle comprenait bien ce qu'il voulait dire mais ne savait pas le faire, elle tapait trop fort ou trop tard et regardait passer la bille entre les flippers.

« Ne te décourage pas, lui disait Jean, qui sentait ses mains crispées... tu vas apprendre... moi aussi j'ai dû apprendre...

— Je ne veux plus jouer, dit Constance... je peux mettre un autre disque ? qu'est-ce que vous voulez ?

— Regarde s'il y a un Brassens ou un Piaf.

— Ah ! oui : *Je ne regrette rien*... et Mireille Mathieu, vous aimez ? »

Jean s'était remis à jouer et on entendait comme un petit feu d'artifice à chacune de ses victoires. Constance vint s'accouder sur le billard. Jean ne s'occupait plus d'elle, pour cinq minutes il était tout au jeu.

« Vous croyez que maman dort toujours ? »
Il s'interrompit et dit :
« Sûrement, autrement elle viendrait... viens, Constance, essaie encore... »
Il la reprit devant lui :
« Ne t'énerve pas... relaxe... non... tu l'as renvoyée trop fort... voilà... ça c'est bien... non... non, trop vite. »
Constance baissa la tête, elle était sur le point de pleurer :
« Vous me faites mal avec vos mains !
— Bon... Eh bien, je vais reprendre un café. »
L'enfant continua à jouer, elle répétait tout bas les conseils de Jean. Soudain, elle réussit plusieurs coups. Jean l'entendit et la regarda, mais elle était si absorbée qu'elle ne s'en aperçut pas. Elle venait de comprendre une sorte de rythme, comme une réponse, entre les obstacles heurtés par la bille et ses mains posées sur les pressoirs. Elle retenait sa respiration et se mordait le bout de la langue ; ses yeux suivaient la bille, ses doigts se contractaient et le reste de son corps n'existait plus, ni le reste du monde. Elle cria :
« Jean, ça y est, je sais jouer ! »
Elle se précipita dans ses bras, l'embrassa

et se mit sur ses genoux. Il la laissait faire sans trouver quoi dire :

« Tu veux encore un Coca ? »

Constance le but avec une paille, le coude appuyé sur la table, balançant les jambes, en équilibre sur une cuisse de Jean.

« Vous ne fumez pas ? dit-elle.

— Non, jamais. »

Un instant elle parut désappointée, elle continua à siroter son Coca avec des yeux pétillants :

« J'ai vite appris, dit-elle... ce n'est pas difficile...

— Tu ne sais pas encore vraiment, mais tu as compris...

— Je ne crois pas que maman sait jouer... Vous ne voulez pas manger quelque chose ?

— Jamais au petit déjeuner, répondit-il.

— C'est marrant les habitudes, maman et moi, c'est exactement le contraire : au petit déjeuner, on dévore. » Elle se leva, déposa la bouteille sur la table et alla s'asseoir en face de Jean :

« Vous trouvez que je ressemble à maman ou pas du tout ?

— Il y a quelque chose », dit-il.

Il avança la main par-dessus la table et lui gratta le bout du nez en riant. Elle ferma les yeux un instant, le visage immobile, donné.

« Où l'avez-vous rencontrée, maman ?

— Au Caire. Je crois qu'elle était là pour quelques jours, j'y vivais à l'époque et elle m'a téléphoné.

— Et vous vous êtes vus ! Oh ! racontez !

— Oui, on est allés au musée ensemble et puis voir les Pyramides bien sûr... je ne pouvais pas ne pas montrer les Pyramides à une étrangère de passage au Caire.

— Et alors ?

— On a loué des chevaux et on est partis jusqu'à une autre pyramide qui s'appelle Sakkhara.

— Et vous étiez tous les deux ?

— C'est merveilleux de galoper dans le désert... Dans quelques années il faudra que tu fasses ça. »

Ce fut comme une éclipse de soleil. Constance s'assombrit, effaça son sourire, perdit son éclat. Jean s'aperçut de la transformation mais n'en comprit pas les raisons.

« On refait un jeu avant de partir ? »

Elle secoua la tête. Il fit remarquer comme

Médor était sage. Elle l'écouta, le regard fixe, ailleurs, la tête très haute, l'air parfaitement méprisant. Tous les deux galopant côte à côte, c'était insupportable.

« Je crois qu'il faut partir », dit-il en lui souriant.

Elle se leva et détacha le chien. Jean la regardait marcher, deux pas devant lui, et cherchait ce qui avait pu se passer. L'auto était toujours à l'ombre et Marie n'avait pas bougé. Constance ne lui jeta pas un coup d'œil, elle garda le chien à l'avant et le fit asseoir entre eux deux ; elle se serra le plus possible près de la portière.

« Après Le Luc, c'est quoi ? » dit-il.

Elle n'arrivait plus à retrouver le nom de cet autre village, c'était un nom double. Elle se souvenait que juste après il y avait une forêt de châtaigniers et que chaque fois en y passant Marie lui faisait remarquer que c'était les seuls châtaigniers de la région. C'est un endroit qui était toujours frais et plus sombre, Constance le trouvait triste, un peu lugubre ; il s'accordait bien avec ce qu'elle éprouvait depuis quelques minutes au fond d'elle-même, ce malaise, cette révolte aiguë, cette envie de pleurer.

« Tu entends les cigales ? dit Jean, elles ont

dû commencer à chanter pendant qu'on jouait au billard.

— Je déteste les cigales, dit-elle, c'est idiot : faire toujours le même bruit ! »

Elle cherchait toujours le nom de ce village après quoi on commençait à descendre vers la mer par une suite de virages ininterrompus. Marie s'amusait à faire grincer les pneus, Constance se laissait tomber à gauche et à droite ou se tenait à la portière. Elles riaient toutes les deux... c'était l'arrivée, la fête de l'arrivée... oui et très vite on rencontrait cette petite forêt de châtaigniers... là l'odeur, le sol, tout était différent, moins sec, moins aride, peut-être à cause de ces grands arbres, très verts avec un feuillage riche, ombreux alors que partout ailleurs ce n'était que garrigue, chênes-lièges, pins maritimes et quelques cyprès avec de temps à autre une plantation d'oliviers... Elle tomba dans le sommeil, entre les pattes du chien, sans avoir trouvé le nom qu'elle cherchait dans un mélange de châtaigniers tournoyants et de chevaux galopants aux pieds des pyramides. Au même moment, Marie, elle, sortait du sommeil, chassé par la lumière violente et la chaleur sur son visage. Elle entrouvrit les yeux et vit le profil de Jean. Elle demeura immobile, silencieuse, dormeuse éveillée, écoutant les cigales, respirant les odeurs retrouvées. Elle jeta un coup d'œil à droite, reconnut les collines ravagées par le feu quelques années plus tôt, les arbres avaient repoussé, mais tous étaient jeunes car rien, ni aucun, n'avait été épargné par l'incendie. Jean se retourna :

« Bonjour, dit-elle.
— Vous avez bien dormi ?
— Comme un ange... »

Elle se releva et vit l'enfant et le chien endormis.

« Il y a longtemps qu'elle dort ?
— Je n'ai pas fait attention mais je ne crois pas, dit-il.
— Après La Garde-Freinet vous me laisserez conduire, je voudrais m'arrêter dans les châtaigniers... Nous le faisons toujours... »

Elles quittèrent Jean à l'embranchement de La Foux. Il n'avait pas voulu qu'elles le déposent à Pramousquier en faisant un léger détour. « J'ai envie de marcher, quand je serai fatigué je ferai de l'auto-stop ou je prendrai le car. » Marie le connaissait assez pour savoir qu'il disait vrai. Il s'éloigna en plein soleil, le long des vignes, à grands pas réguliers et lents. Marie et Constance le regardaient : beau, solitaire et charmant. Il allait, les mains libres, son sac américain en bandoulière. « Pourquoi solitaire ? » se demanda Marie. « Peut-on rester un adolescent à quarante-cinq ans ? Je me trompe peut-être, je le connais si peu... » Pourquoi aucune étincelle ne jaillissait-elle ? Marie se heurtait à sa propre indifférence, à moins que ce ne soit celle des autres, elle ne savait pas très bien mais elle sentait son incapacité à faire un effort. Elle attendait une évidence, un éclatement et alors, pensa-t-elle, je retrouverai mon attention passionnée.

« Il est marrant, Jean, dit Constance. Tu as vu comment il t'a embrassé la main en partant ?

— Tu sais, on est de bons amis !

— Comment est-ce que tu l'as connu ?

— Au Caire, par des amis qui m'avaient donné son adresse.

— Pourquoi tu ne m'as rien dit ?

— Mais enfin... je ne sais pas... parce que j'ai oublié ou que je n'y ai pas pensé... »

L'enfant se tut.

« On est bien toutes les deux, dit Marie.

— Il te plaît Jean ? demanda Constance très vite, d'une voix détimbrée.

— Je le trouve charmant, intelligent...

— C'est drôle comme parfois tu ne réponds pas à mes questions. Quand c'est moi qui le fais tu me grondes... Je ne te demande pas comment il est, je te demande s'il te plaît...

— Peut-être », dit Marie...

Elle réfléchit et constata qu'elle n'en savait rien.

Constance continua :

« Tu sais, je sais très bien la différence qu'il y a entre quelqu'un qu'on aime et quelqu'un qui vous plaît. Tu vois, Antoine, il me plaisait mais je ne l'aimais pas.

— Mais tu m'avais dit que tu l'aimais justement...

— C'était il y a longtemps, maman... quand je te l'ai dit sans doute que je croyais l'aimer mais après j'ai compris que je ne l'aimais pas... qu'il me plaisait... Tu sais je suis encore très jeune, j'ai pu confondre... »

Marie ne dit rien. Constance poursuivait :

« Du reste, les garçons de mon âge sont vraiment très enfants... c'est ça l'ennui à l'école, c'est qu'on est toujours avec des garçons de notre âge et ceux des grandes classes ne nous regardent pas.

— Tu as beaucoup changé, dit Marie.

— Bien sûr, c'est normal à mon âge. Tu dis toi-même qu'on évolue tout le temps... Il n'y a que quand on est très vieux qu'on ne change plus... mais même à ton âge on évolue encore... C'est vrai ? Non ?

— Si on allait à la plage sans passer par la maison, dit Marie.

— Formidable... il n'y aura personne ! »

Elles prirent une petite route familière. Marie laissait derrière elle le tumulte de l'année et pénétrait dans un monde presque irréel où rien, sauf la minute présente, n'avait d'importance ; c'était comme une anesthésie très douce. Elle oubliait ce qu'avait été l'hiver et n'imaginait pas ce que serait l'automne. Seuls existaient, importaient, le soleil, l'air, la mer. Elle sentait se fondre ses angles, ses aspérités, il ne restait plus qu'une Marie tendre, souriante, qui passait des heures au soleil à rêver ou à lire, à penser à peine, à nager, se balancer dans le hamac, regarder arriver le jour et la nuit. Ce n'était pas la vie. C'était l'entracte.

Elles entrèrent sur la plage : rien que des lignes planes, à peine discernables, le sable blond, la mer turquoise, pâle, si calme qu'aucune vague ne se brisait. C'était un de ces jours parfaits où le ciel et la mer se confondent.

Constance et Marie restèrent immobiles.

« Que c'est beau, ce n'est pas possible », murmura Marie.

Janvier-juin 1966.

IMPRIMÉ EN FRANCE PAR BRODARD ET TAUPIN
7, bd Romain-Rolland - Montrouge - Usine de La Flèche.
LIBRAIRIE GÉNÉRALE FRANÇAISE - 14, rue de l'Ancienne-Comédie - Paris.
ISBN : 2 - 253 - 00994 - 6

Thrillers

Ambler (Eric).
Le Levantin, 7404/4****.

Bar-Zohar (Michel).
La Liste, 7413/5***.

Bonnecarrère (Paul).
Ultimatum, 7403/6***.
Le Triangle d'or, 7408/5***.

Crichton (Michael).
L'Homme terminal, 7401/0***.

Dusolier (François).
L'Histoire qui arriva à Nicolas Payen il y a quelques mois, 7425/9***.

Forbes (Colin).
L'Année du singe d'or, 7422/6***.
Le Léopard, 7431/7****.

Freemantle (Brian).
Vieil ami, adieu !, 7416/8**.

Fuller (Samuel).
Mort d'un pigeon Beethovenstrasse, 7406/9**.

Goldman (William).
Marathon Man, 7419/2***.
Magic, 7423/4***.

Hailey (Arthur) et Castle (John).
714 appelle Vancouver, 7409/3**.

Herbert (James).
Celui qui survit, 7437/4**.

Highsmith (Patricia).
L'Amateur d'escargots, 7400/2***.
Les Deux Visages de Janvier, 7414/3***.
Mr Ripley (Plein soleil), 7420/0***.
Le Meurtrier, 7421/8***.
La Cellule de verre, 7424/2***.
Le Rat de Venise, 7426/7***.
Jeu pour les vivants, 7429/1***.
L'Inconnu du Nord-Express, 7432/5****.
Ce mal étrange, 7438/2****.
Eaux profondes, 7439/0****.
Ceux qui prennent le large, 7740/8***.

Hirschfeld (Burt).
L'Affaire Masters, 7411/9****.

Kœnig (Laird).
La Petite fille au bout du chemin, 7405/1***.
La Porte en face, 7427/5***.

Kœnig (Laird) et Dixon (Peter L.).
Attention, les enfants regardent, 7417/6***.

MacLeish (Roderick).
L'Homme qui n'était pas là, 7415/0***.

Markham (Nancy).
L'Argent des autres, 7436/6***.

Morrell (David).
Les Cendres de la haine, 7435/8***.

Nahum (Lucien).
Les Otages du ciel, 7410/1****.

Odier (Daniel).
L'Année du lièvre, 7430/9****.

Osborn (David).
La Chasse est ouverte, 7418/4****.

Saul (John).
Mort d'un général, 7434/1***.

Wager (Walter).
Vipère 3, 7433/3***.

Humour, Dessins, Jeux et Mots croisés

HUMOUR, DESSINS

Allais (Alphonse).
Plaisir d'Humour, 1956/9**.
Biron (F.) et Folgoas (G.).
Alors raconte..., 4934/3**.
Boudard (Alphonse) et Étienne (Luc).
La méthode à Mimile, 3453/5****.
Cami.
Pour lire sous la douche, 4780/0***.
Carelman.
Catalogue d'objets introuvables, 4037/5**.
Chaval.
L'Homme, 3534/2**.
L'Animalier, 3535/9**.
Les Gros Chiens, 3995/5*.
Christophe.
La Famille Fenouillard, 1908/0****.
Le Sapeur Camember, 1909/8****.
L'Idée fixe du savant Cosinus, 1910/6**.
Dac (Pierre).
L'Os à moelle, 3937/7**.
Effel (Jean).
LA CREATION DU MONDE :
1. **Le Ciel et la Terre**, 3228/1**.
2. **Les Plantes et les Animaux**, 3304/0**.
3. **L'Homme**, 3663/9**.
4. **La Femme**, 4025/0**.
5. **Le Roman d'Adam et Eve**, 4228/0****.
Le Petit ange, 4822/0****.
Etienne (Luc).
L'Art de la charade à tiroirs, 3431/1**.
Faizant (Jacques).
Au Lapin d'Austerlitz, 3341/2**.
Ni d'Eve ni d'Adam, 3424/6*.
Forest (Jean-Claude).
Barbarella, t. 1 : 4055/7**.
Barbarella, t. 2 : **Les Colères du mange-minutes**, 4056/5**.
Guillois (Mina et André).
L'Amour en 1 000 histoires drôles, 4779/2***.
En voiture pour le rire, 4813/9*.
La Politique en 1 000 histoires drôles, 4951/7***.
Hamelin (Daniel).
Les Nouveaux « Qui-colle-qui », 4935/0*.
Henry (Maurice).
Dessins : 1930-1970, 3613/4**.
Jarry (Alfred).
Tout Ubu, 838/0****.
La Chandelle verte, 1623/5***.
Jean-Charles.
Les Perles du Facteur, 2779/4*.
Les Nouvelles Perles du Facteur, 3968/2**.
Mignon (Ernest).
Les Mots du Général, 3350/3*.
Nègre (Hervé).
Dictionnaire des histoires drôles, t. 1, 4053/2**** ; t. 2, 4054/0****.
Peter (L. J.) et Hull (R.).
Le Principe de Peter, 3118/4*.
Reboux (Paul) et Muller (Charles).
A la manière de..., 1255/6**.
Ribaud (André).
La Cour, 3102/8**.
Rouland (Jacques).
Les Employés du Gag (La Caméra invisible), 3237/2**.
Samivel.
L'Amateur d'abîmes, 3143/2**.
Simoen (Jean-Claude).
De Gaulle à travers la caricature internationale, 3465/9**.
Siné.
Je ne pense qu'à chat, 2360/3**.
Siné Massacre, 3628/2**.
Wolinski.
Je ne pense qu'à ça, 3467/5**.

JEUX ET MOTS CROISÉS

Arca (Daniel).
100 Labyrinthes, 4758/6**.
Asmodée, Hug, Jason, Théophraste et Vega.
Mots croisés du « Figaro », 2216/7*.
Aveline (Claude).
Le Code des jeux, 2645/7****.

Berloquin (Pierre).
   100 Jeux alphabétiques, 3519/3*.
   100 Jeux logiques, 3568/0*.
   100 Jeux numériques, 3669/6*.
   100 Jeux géométriques, 3537/5*.
   Testez votre intelligence, 3915/3**.
   100 Jeux et casse-tête, 4165/4**.
   100 Jeux pour insomniaques, 8101/5.
Bloch (Jean-Jacques).
   100 Problèmes de scrabble, 8104/9**.
Brouty (Guy).
   Mots croisés de « L'Aurore », 3518/5*.
Favalelli (Max).
   Mots croisés, 1er recueil, 1054/3* ;
   2e recueil, 1223/4* ;
   3e recueil, 1463/6* ;
   4e recueil, 1622/7* ;
   5e recueil, 3722/3* ;
   6e recueil, 4752/9* ;
   7e recueil, 8103*.
   Mots croisés de « L'Express », 3334/7*.
Grandjean (Odette-Aimée).
   100 Krakmuk et autres Jeux, 3897/3**.
La Ferté (R.) et Diwo (F.).
   100 Nouveaux Jeux, 3347/9*.
   Mots croisés, 2465/0*.
   Mots croisés de « France-Soir », 2439/5*.
   Mots croisés de « Télé 7 jours », 3662/1*.
   Mots croisés des champions, 4232/2*.
   Mots croisés « à 2 vitesses », 4742/0*.
La Ferté (R.) et Remondon (M.).
   100 Jeux et Problèmes, 2870/1*.
Le Dentu (José).
   Bridge facile, 2837/0***.
Lespagnol (Robert).
   Mots croisés du « Canard Enchaîné », 1972/6*.
   Mots croisés du « Monde », 2135/9*.
Scipion (Robert).
   Mots croisés du « Nouvel Observateur », 3159/8*.
Sémène (Louis-Paul).
   Mots croisés du « Provençal », 8102/3*.
Seneca (Camil).
   Les Echecs, 3873/4****.
Tristan Bernard.
   Mots croisés, 1522/9*